슬기로운 보육교사 생활 [개정판]

10년차 선배교사의 소곤소곤 현장기록

슬기로운 보육교사 생활 [개정판]

발 행 | 2021년 8월 11일

저 자 | 김형옥

펴낸이 | 한건희

펴낸곳 | 주식회사 부크크

출판사등록 | 2014.07.15.(제2014-16호)

주 소 | 서울특별시 금천구 가산디지털1로 119 SK트윈타워 A동 305호

전 화 | 1670-8316

이메일 | info@bookk.co.kr

ISBN | 979-11-372-5324-7

www.bookk.co.kr

슬기로운
보육교사 생활
[개정판]

김 형 옥 지음

10년차 선배교사의 소곤소곤 현장기록

CONTENT

제2화 두 번째 이야기
"보육교사의 시선으로 바라본 아이들의 놀이"

기록을 시작한다.

어떤 삶을 살까? 지금의 경험이 나의 삶에 어떤 의미로 남을까? 삶 속에서 좀 더 가치 있는 것을 발견하려면 나는 어떤 시선으로 지금 나의 경험을 바라봐야 할까. 고민하고 또 고민한다. 고민은 좋은 것이지만 고민 할수록 서서히, 풍선에서 바람이 조금씩 빠지듯 에너지가 빠지고 무기력해졌다. 이제는 이유를 조금 알듯 하다. 행동의 변화 없이 반복되는 도돌이표마냥 고민만 반복했기에 지치고 갑갑했구나.
그래서 이제는 나의 이야기를 기록으로 남기는 일을 시작하려고 한다. 완벽하지도 않지만 지금의 불안정하고 부족한 상황 그대로 나를 기록하려고 한다.

아이들을 만나는 보육교사라는 일이 그냥 좋아서 어린이집 교사로 10년 정도 일했다. 일하면서 결혼하고 출산하며 양육을 했다. 아이를 양육하며 새로 생긴 "엄마"의 자리가 행복하고 감사했지만 교사로 일하던 "나"의 자리에 대한 공백은 엄마의 자리로 채워지지는 않았다. 교사로의 나를 그리워하다 고민하던 대학원 진학을 하고 아이가 돌전에 대학원 공부와 독박 육아를 병행하며 살아왔다. 어렵게 논문을 쓰고 졸업을 했지만 여전히 유아기의 우리 아이와 함께 일할 수 있는 자리, 경단녀가 된 내가 다시 일을 시작할 수 있는 자리는 참 좁았다. 그럼에도 느리고 크기가 작아도 방향만 올바르다면 그리고 멈추지 않는다면 그 또한 충분한 의미가 있는 일임을 믿는다. 그렇게 도전하니 감사하게도 짧게 일을 조금씩 이어올 수 있었고 그 또한 내 일에 대한 새로운 시선과 경험, 마중물이 되었다 확신한다.

지금 나는 아이를 어린이집에 등원시키고 어린이집으로 출근한다. 4시간 근무하는 보조교사로. 익숙한 어린이집의 보육과정, 하루 일과이지만 나의 역할이 변했다. 담임교사에서 주임교사로, 그리고 보조교사로. 보조교사라는 의미를 나 나름 "재정의"하며 하루하루 쌓아간다.

보육교사라는 직업을 먼저 걸어간 부족한 선임 교사가 뒤따라 현장을 지킬 후배교사들과 함께 고민하고 싶은 주제들을 기록으로 남기려고 한다. 나의 기록이 정답이거나 누군가와 모두 동일할 수 없지만 지칠 때 어려울 때 궁금할 때 부담 없이 커피를 마시며 이야기를 나누듯 편안한 글이었으면 좋겠다. 보육교사라는 직업에 대해 돌아보고 고민하는 하나의 작고 미약한 움직임이지만 이 기록을 기반으로 현장의 많은 후배 교사 혹은 예비교사들이 자신만의 신념의 씨앗을 품어서 건강한 뿌리를 가진 보육교사들이 많아지기를 바래본다. 한 사람에게라도 자신을 돌아보고 고민할 수 있는 디딤돌이 되기를 간절히 바래본다. 또 다른 교사의 기록들이 무수히 생겨나길 바라며….

이 기록이 나와 여러분에게 또 다른 경험의 마중물이 되기를 2020.

보육교사, 나를 돌아보다 "신념의 씨앗 심기"

"구슬이 서 말이라도 꿰어야 보배다"

아무리 현장에서 교사 경력을 많이 쌓고

학교를 진학해 학위를 받고 교사교육을 받으며

다양한 교수스킬을 많이 쌓아 구슬이 서 말이 있어도

나는 왜 보육교사를 하지?

어떤 가치를 이루고 싶지?

어떤 교사가 되고 싶은지 스스로 내면적 고민이 없다면

애써 모은 그 구슬은 꿸 수가 없다.

또 다른 구슬 모으기에만 애쓰지 말고

보육교사로 나를 돌아보며 나만의 신념을 세워보자.

애써서 모은 구슬들이 빛을 내고 에너지를 발하려면

나만의 신념을 세워 꿰어야 보배가 될 수 있다.

1. 생각하는 교사, 생각하는 아이

#우리는 일을 할 때 자꾸 스스로 생각해야 한다

아침 10시, 아직 등원하지 않은 아이가 있다. 교사는 분주한 마음으로 "어떡하지? 지금 원장님께 보고 드려야 하나? 있다가 해야 하나?" 고민하고 있다. 교사의 모습을 보고 의문이 들어 "왜 꼭 일과 중에 바로 보고해야 하는 이유가 있어요?" 물어보니 교사는 한숨 쉬며 답한다. "모르겠어요. 해야 하는지 말아야 하는지. 어떨 땐 왜 바로 확인해서 보고를 하지 않았는지 물어보시는데, 일과 중엔 아이들에게 집중하라고도 하셨거든요."

어린이집에 근무하다 보면 그냥 따라야 하는 일들이 참 많다. 초임 시절에는 내 생각을 해볼 여유조차 없었지만 시간이 흐를수록 어떤 맥락에서 이렇게 해야 하지? 어떤 이유로 이렇게 해야 하지? 의문이 들었다. 시간이지나 한 가지 확신할 수 있는 건 무엇을 위해, 왜 하는지 이유를 명확히 알고 내 마음에 공감을 해야 배가 산으로 가지 않는다는 점이다(때론 공감 없이 해내야 하는 일들도 많지만). 주어진 일,

해야만 하는 일을 그대로 받아들여 기계처럼 해내는 일만 반복하면 아무런 성장이 없다. 그래서 큰일이든 작은 일이든 자꾸 생각해야 한다. 왜냐하면 우리는 아이들에게 가장 가까이에서 영향을 주고 있는 존재이니까.

혹시나 근무하는 곳의 환경이 꽉 막힌 곳이라 하더라도 나 스스로는 자꾸자꾸 생각해 생각 기능을 잃지 않아야 한다.

【우리 반의 규칙과 약속, 일과를 돌아보기】

혹시 우리 반 아이들이 하루를 지낼 때 그냥 해야 하는 일들을 강요하고 있지는 않을까? 무조건 해야 하는 건 세상에 없다. 무조건 안 되는 것도 없다. 우리 반 아이들에게 적용하고 함께 생활하다 보면 창의적인 해법, 대답, 상황의 해결이 다양하게 나온다. 성인의 관점이 아니라 아이들의 관점에서 생각하고 나온 결론은 때론 미지근하게 느껴지고 엉뚱하게 생각되지만 스스로 생각하고 소통해본 아이들에게는 결과가 정답이든 정답이 아니든 큰 문제가 없다. 아이들의 생각할 권리를 인정하고 격려하자. 적어도 일선에서 아이들을 만나는 우리는 그래야 한다. 그래서 교사로서 또는 우리의 삶에서 무언가를 할 때 우리도 스스로 생각해야 한다.

그냥 해야 하는 건 없다. 교사든, 아이든.

• 때론 아이들이 영유아기를 지나 초등학교 중, 고등학교, 대학생이 되었을 때 어떤 모습을 성장했으면 좋을까? 생각한다. 대답은 스스로 생각하고 주변과 소통할 줄 아는 아이였다. "스스로 생각하기"는 어렸을 때부터 직접 경험하지 않으면 나이가 들어간다고 저절로 생기는 기술이 아니다.

2. 교사의 뿌리 만들기

#튼튼한 뿌리 만들기

뿌리가 튼튼한 나무가 작은 바람에도 흔들리지 않는 것처럼 교사에게도 튼튼한 뿌리가 있어야 한다. 그렇다면 교사에게 뿌리란 무엇일까? 그리고 뿌리는 어떻게 생길까? 보육교사의 뿌리는 일을 계속해 나가게 하는 목적, 신념이다. 내가 이 일을 왜 하는지, 아이들에게 어떤 영향을 주는 교사가 될지 스스로 생각하고 고민했던 흔적들이 차곡차곡 쌓이고 모여 교사의 뿌리가 된다.

나는 누군가에게 도움을 주는 일이 참 좋다. 특별히 아이와 따뜻한 관계를 맺고 부모와 신뢰가 형성되어 진실 된 마음을 주고받을 때 일의 보람을 느낀다. 아이의 내면에 꼭꼭 숨겨둔 마음을 읽어내어 필요한 도움을 주는 그 순간도 참 좋다. 아니 그 순간을 사랑한다. 나의 교사로서의 뿌리는 "내가 만나는 아이와 부모에게 도움을 주는 교사"다.

【 뿌리가 있는 나무와 뿌리가 없는 나무의 차이】

큰 차이가 없어 보이지만 나만의 목적을 고민하고 나름 정의해본, 그러니까 나만의 뿌리가 있는 교사와 고민 없이 그럭저럭 하루하루 보내는 교사와는 시간이 갈수록 차이가 생긴다. 처음에는 드러나지 않지만 갈등 상황이 생기거나 어려움을 만났을 때 문제를 해결하는 과정에서 여실히 드러난다. 무엇보다 나만의 뿌리가 없으면 경력이 쌓일수록 에너지가 고갈되어 더 이상 교사를 이어갈 힘이 없어진다는 것이다.

'보육철학은 어려운 말이고 나랑 상관없는 말이야. 어린이집 운영안내서에나 쓰는 말이지'라는 생각은 당장 버려야 한다. 나를 위해! 만약 지금 나의 교사로서 뿌리가 무엇이냐는는 물음에 선뜻 답이 떠오르지 않는다면 이 일을 할 때 나에게 주는 즐거움은 무엇인지, 무엇을 위해 이일을 하는지, 언제 보람을 느끼는지 스스로 고민해야 할 때이다. 그리고 다른 사람, 혹은 어떤 책의 이야기를 소리 내어 앵무새처럼 따라 하는 것이 아니라 나만의 언어로 나만의 생각과 마음으로 통과해 소화시킨 "내 말"을 만들자. 흔들리는 바람 속에서 나를 든든히 붙들어주는 건강한 뿌리가 될 것이다.

• 튼튼한 나무뿌리는 외적인 어려움, 내적인 어려움을 만나도 나를 붙잡아준다. 타인을 위해서가 아닌 교사인 나의 행복과 안전을 위해 나만의 뿌리(교사로서 신념, 목적)를 세워보자.

3. 권위 있는 교사(교실) vs 권위적인 교사(교실)

#작고, 미묘하지만 아주 큰 차이

교사시절 규정에 어긋나는 행동을 반복하는 아이와 함께 1년의 시간을 보냈다. 처음에는 달래도 보고 설명도 해주고 기다려도 주고 엄하게 이야기도 해봤지만 그 때 뿐이었다. 상황만 모면할 뿐 본질적인 해결은 잘 되지 않았다.

교사 경력이 쌓일수록 깨달은 사실은 아이들에게 권위가 있어야 한다는 사실이다. 비슷한 말 같지만 "권위 있다" 와 "권위적이다" 는 말은 엄연히 다르다. 사전을 찾아보니 '권위'는 "정신적 영향력을 미친다."는 것이고 '권위적이다'는 "통제"한다는 것이다.

그렇다면 교사가 권위가 있으려면 어떻게 해야 할까? 내가 경험한 중요한 포인트는 "관계 맺기"다. 이 관계 맺기는 아이들 한 명 한 명과 개인적으로 이뤄져야하고 인간적이며 따뜻해야한다. 아이들과 교사가 서로 신뢰가 만들어졌다면 눈빛만으로도 소통과 통제가 가능하다는 것을 경험하였다. 그래서 새로운 반을 맡고 생활할 때 가장 중요하게 생각하고 시간과 노력을 들이는 부분은 아이들과 "친밀한 관계"를 맺는 일이다.

아이들과 친밀한 관계를 맺는다는 것은 무엇일까? 내가 경험한 가장 중요한 태도는 교사가 아이에게 '나 너 좋아, 관심이 있어 그리고 너를 도와주고 싶어, 너의 마음이 궁금해'하는 마음의 자세다. 반면 '내가 어른이고 교사이니 너는 규칙을 따라와야 해! 이건 상식적으로 논리적으로 교사의 말이 맞아-!'라는 태도는 아이와 관계 맺기에 전혀 도움을 주지 않았다. 여기서 알아야 할 점은 진짜 관계 맺기는 시간이 다소 걸린다는 점, 일방적이지 않고 양방향으로 아이와 교사가 함께 소통하고 진심의 마음을 주고받아야 가능하다는 점이다.
이렇게 관계 맺기를 기반으로 소통하기를 반복하다 보면 교사의 권위는 아주 자연스럽게 세워진다.

• 권위가 있는 교실은 안정적이고 평화롭다. 반면 권위적인 교실은 숨 쉴 틈 없이 답답하고 갑갑하다. 교사도 아이들도.

4. 교사 마음 분리하기

#눈물이 흐를 만큼 힘든 상황에서 마음을 식히고 교사로 일상을 살아내기

어떤 이유인지 알 수 없지만 원장님과 교사가 꽤 심각한 얼굴로 이야기를 나눈다. 분위기로 느껴지길 무언가 혼이 나는 듯도 하고 어쨌든 좋지 않은 분위기다. 오전인데 한 시간 이상 면담이 길어져서 나와 다른 교사는 면담 중인 교사의 빈자리를 채우며 일과를 보냈다. 이야기를 마무리했는지 잠시 후 보육실로 들어온 교사의 눈은 붉게 부어있다. 모르는 척 일과를 보내지만 동료교사의 마음이 느껴져 마음이 아프다. 붉은 눈과 맹맹해진 목소리이지만 아이들과 상호작용하려 애쓰는 모습, 평소처럼 일과를 보내려는 모습이 대견하다.

어린이집에서는 동료 교사들 간의 갈등이나 원장님과의 갈등, 학부모와의 갈등 등 어린이집 내에서 관계로 인한 여러 어려움이 생겨난다. 사람이 모인 곳에서 갈등이 없을 순 없다. 문제는 겪게 되는 여러 갈등보다 우리 아이들과의 하루 일과에 더 중요한 가치를 두고 마음을 분리해야 한다는 것이다. 사실 사람이라 감정이 기계처럼 분리되지 않지만, 근육을 조금씩 키우듯 마음의 근육도 키워가야 한다. 평상시에 출근하는 순간부터 전문성을 발휘해야 한다는 책임감과 사명을 단단히 해야 한다.

또 원장님이나 주임교사, 학부모는 여러 아이들과 함께 하루를 보내야 하는 교사에게 전달할 어려운 이야기가 있다면 일과가 끝난 후에 전달하는 배려가 필요하다.

교사에게는 용기가 필요하다! 만약 하루 일과에 영향을 미칠 만큼 힘든 상황이나 어려움이 있다면 "잠시 멈춤"을 상대에게 외치고 "나중에 이야기하기"를 정중히 요청해야 한다. 그리고 교사 스스로 마음을 객관화해서 현장에 집중하고 감정을 조절할 수 있는 용기와 노력이 필요하다.

• 의사가 수술할 때 환자에게만 집중하는 게 전문성인 것처럼 보육교사에게도 교사로 근무할 때는 다른 요소들이 틈타지 않게 스스로 조절하고 아이들의 하루 일과를 잘 보호해야 한다.

5. 생선 반찬이 비려요

#어느 부분에서 기분이 나빠야 할지 돌아보기

어린이집 점심으로 나온 반찬들 중 유독 생선이 비렸다. 조리사님께서 열심히 조리해주신 음식이기 별 말 없이 식사를 마쳤다. 그런데 원장님께서 보육실을 살피시며 "오늘 생선 반찬이 어땠나요?"하고 물어보셨다. "맛있긴 했는데 좀 비린 맛이 났어요."라고 대답했다.

조리실에 식기를 정리하려고 들어갔는데 조리사 선생님의 얼굴 빛이 어둡다. 원장님께서 말씀을 하신 모양이다. 조리실에 들어가 잘 먹었다는 인사를 하고 나가려는데 조리사 선생님께서 붙잡으신다.

조리사 선생님 : 선생님은 생선 맛이 어땠어요?

나 : 맛있었어요. 그런데 생선이니까 조금 비린 맛이 났어요.

조리사 선생님 : 바빠도 맛있게 해 준다고 생선조림 더 한 건데 앞으로는 안 할 거야~! 안 해줄 거야~! 아휴.

오늘 조리된 생선 맛이 조금 비렸다는 의미인데 조리사 선생님은 선생님의 음식 전체가 맛이 없다는 뜻으로 받아들이신 것 같았다. 난 이날의 상황을 통해 나를 돌아보게 되었다.

내가 작성한 보육일지 혹은 관찰일지를 보며 지적을 받거나 일과를 운영할 때 원장님이나 학부모 혹은 동료 교사의 조언이나 비판을 어떻게 받아들였는지 돌아보게 되었다.

나는 지적 자체에 기분을 나빠하며 내용을 깊이 생각해 보지 않으려고 했다. 나를 향한 비난이 아니라 새로운 시각에서 생각해볼 부분 혹은 내가 놓친 부분이 있는지 돌아 볼 기회라고 의도적으로 생각 바꾸기를 해야겠다.

또 한 가지 느낀 점! 원장님의 위치와 역할! 크고 작은 어린이집의 일을 객관적으로 살피고 부정적인 이야기도 소신껏 전달하는 일이다. 쓴 소리하기 어려워하는 나였다면... 그냥 넘어갔을 듯하다. 하지만 개선이 필요한 부분에 대해서 이야기를 전하는 모습을 보고 좋은 게 좋은 거라는 나의 생각을 버려본다.

• 누군가 나의 일에 개선사항을 말한다면 비판 자체에 초점을 맞추기보다 다르게 생각해보려는 장치를 마련하자! 지적과 비판을 막을 수 없지만 그것을 약으로 쓸지, 독으로 쓸지는 나의 선택이다.

6. 좋은 교사

#어떻게 하면 좋은 교사가 될 수 있을까? 좋은 교사는 어떤 교사일까?

【초임시절 행사를 준비하며 함께 근무하던 선배 교사들의 대화】

A주임교사: 이번 행사는 이렇게 진행해요~!

B주임교사: 그런데 이런 내용이 들어가야 좀 더 유아교육적으로

의미가 있어요.

미묘한 긴장감. 햇병아리 초임이었던 나는 이런 상황이 반복될수록 "유아교육적으로"라는 말에 궁금증이 발동되었다. 학부시절 사회복지와 보육학을 전공했던 나는 유아교육을 전공한 교사들의 자신감이 어디에서 오는지 궁금했다. 그래서 고민하다가 입학보다 졸업이 어렵다는 방송통신대학교 유아교육학과를 편입했다. 일과 공부를 병행하며 체력적으로 힘들긴 했지만 현장에 있으면서 공부를 한다는 건 참 재미있는 일이었다. 바로 적용할 수 있으니까.

하지만 졸업 이후에도 좋은 교사에 대한 고민은 끝나지 않았다. 현장

교사로 일을 하며 시나 구의 육아종합지원센터에서 진행하는 여러 교육을 듣기도 했지만 갈증이 해소되지 않았다. 나름의 목마름을 해결하려 여러 노력을 했지만 궁금증이 해결되지 않은 채 경력은 쌓여가며 교사생활을 이어갔다.

그렇게 교사생활을 하며 유명한 대학의 유아교육과를 졸업한 교사, 고등학교를 졸업하고 보육교사 양성원을 졸업한 교사, 대학원을 졸업한 교사 등 정말 다양한 교사를 만났다. 함께 동료 교사로 생활해본 후 내가 느낀 점은 좋은 대학을 나온 교사가 언제나 좋은 교사는 아니라는 것이다. 반대로 보육교사 양성원을 졸업한 교사는 자질이 부족한 교사라는 것도 아니었다. 이러한 나의 경험을 통해서 어떤 교육과정을 거치고, 어떤 학위를 가졌느냐는 좋은 교사의 조건도, 본질도 아니라는 결론을 내렸다. 본질은 교사의 가치관과 태도, 신념이 먼저였다. 그리고 옳다고 생각하는 것을 현장에서 실천하고 살아내는 것, 그리고 나를 돌아보는 과정이 중요했다.

임신과 출산으로 잠시 현장을 떠나게 되고 육아를 하며 부모가 된 이후에 좋은 교사뿐 아니라 좋은 부모에 대한 고민을 하며 내린 생각은 좋은 교사, 좋은 부모가 되기 전에 먼저 좋은 사람이 되어야 결과적으로 좋은 교사, 좋은 부모 될 수 있다는 점이다. 좋은 사람은 옳다고 생각하는 것에 대한 고민과 나를 돌아보며 나름의 내적인 생각 체계를 가져야 한다. 그리고 어린아이들은 일방적으로 돌봄과 교육이 필요한 수동적인 존재가 아니라 존엄한 생명체이기에 그들을 향한 적절한 존중과 배려가 필요함을 인지하고 실천해야 한다는 것이다.

• 좋은 교사는 먼저 좋은 사람이 되어야한다.

7. 교사: 매일의 일상을 낯설게 보기

#아이들은 밥 먹고 옷 입고 화장실 가는 일상의 삶에서 배움의 기회를 얻어야 성장한다.

【6살 아들의 어린이집에서 오후 간식시간】

6살 아들을 데리러 어린이집에 갔다. 마침 오후 간식 시간이라 잠시 기다리기로 했다. 아이 담임선생님의 말소리가 들렸다. "00아 이 떡볶이는 동생(4살) 먹으라고 잘랐어, 00 이는 잘라서 먹을 수 있지? 잘라서 먹는 연습도 해야 하니 여기에 앉자." 살짝 들여다 본 교실에는 아이들마다 다른 크기로 잘려진 떡이 들어있는 간식접시가 준비되어 있었다.

현장에 있을 때 나를 돌아보며 반성했다. 오전 간식, 오후 간식, 점심식사 배식을 할 때 일괄적 크기로 잘라 똑같이 제공하기 급급했다. 안전한 먹을거리, 깨끗한 먹거리에 초점을 두고 그냥 거기까지였던 것 같다. 무려 학기 초, 학기 중 학기말 모두 고민 없이 똑같은 크기와 형태 먹는 방법 그대로 했다. 그 순간들도 아이들에게 배움의 기회를 줄 수 있는 황금의 기회였는데. 해마다 만났던 아이들과 함께 음식을 먹을 때 교육적 의도 없이 계획 없이 똑같이 1년을 보냈다는 것이 부끄러웠다. 아이가 스스로 씹고, 조절해 보고, 다양한 경험을 할 수 있도록 단계적으로 배려하지 못했다. 현장에서 연간보육계획을 세울 때 표준보육과정을 반영해 계획을 세운다. 물론 일상생활 관련한 활동들을 기본생활습관 항목으로 계획을 세웠지만 돌아보면 흉내만 냈던 것 같다. 일상생활에서도 배울 수 있는 다양한 기회가 주어져야 한다. 아이들에게 삶을 배워가고 경험을 쌓아갈 수 있는 소중하고 귀한 순간임을 깨달아 기록을 남긴다.

• 아이들에게 배움은 값비싼 교구나 유명한 프로그램으로 이루어지는 게 아니라 일상적인 삶에서 아주 작고 사소한 것들부터 시작된다. 교사는 그 작은 순간순간의 가치를 알아 볼 수 있는 눈이 필요하다.

8. 이 지표는 왜 생겼을까?

#왜 필요한지, 왜 생겼는지 이유를 고민해보기

【일과 중 두 명의 교사가 대화를 나눈다】

A: 투약의뢰서 확인증은 집에 보내는 거 아니에요?

B: 어린이집에 보관해야 하는 거 아니에요?

【 알쏭달쏭 보육 현장】

어린이집에서 근무하다 보면 어떤 선택이 정답인지 알기 어려운 때가 많다. 또 주관하는 곳에 따라 평가받는 내용도 기준도 달라지는 경우가 종종 있다. 현장에서 일할 땐 구청 감사, 시청 감사, 부모 모니터링, 평가인증 등등 정말 여러 기관에서 어린이집을 관리하고 모니터링하고 감사를 한다. 그래서 어떤 기준에 따라야 할지 헷갈리고 어디에서 정확한 정보를 얻는지 알기 어렵다.

【 어디에 에너지를 써야 하나?】

잠시 현장을 떠나 부모 모니터링단 경험을 하며 느낀 생각은 생각보다 우리가 평가, 지도점검을 받을 때 어떤 기준으로 받는지 명확히 알고 받는 경우가 많지 않다는 것이다. 해마다 혹은 기존에 제공되는 운영지침을 잘 이해하고 있거나 새롭게 리뉴얼된 평가기준을 알고 숙지해 준비하기보단 누군가 어린이집에 평가를 위해 온다는 것에 에너지를 더 쓰며 부담스러워한다는 느낌을 많이 받았다(물론 나도 현장에서 그랬다).

그러니까 전문적인 점검(무엇이 빠졌는지 살피고 어떤 부분을 보완해야 하는지 잘되고 있는 부분은 어느 부분인지, 우리 원에 적용하기 힘든 어려움은 무엇인지 등등)을 하기보다 외부인이 우리를 평가하러 온다는 압박에 에너지를 빼앗기고 있다는 돌아봄이 있어 기록한다.

【현장에서의 나부터, 내가 실천할 수 있는 노력】
어린이집이 받는 평가에서는 평가제를 빼놓을 수 없다. 개정된 평가제의 영역별 지표는 사실 우리가 일하고 있는 현장과 다른 이야기를 하지 않는다. 그런데 현장에서는 "평가제"가 주는 압박이 참 크다. 전문성을 키워봐야지하는 성장의 기회가 아니라 "나 죽었다."라는 생각부터 든다. 왜 그런 생각이 드는지 고민해보고 몇 자 적어본다.

어떤 서류가 있어야 하고 어떤 횟수가 몇 번이 들어가야 하며 어떤 활동과 내용이 꼭 들어가야 한다는 지표들이 왜 필요한지를 고민해봐야 한다. 예를 들어 일지에 무턱대로 "반성적 평가의 내용이 들어가야 합니다."식의 접근이 아니라 우리 반에서 우리 꼬맹이들과 하루를 살아내고 아쉬운 점이 뭐였는지 점검하고 내일 부족한 부분을 어떻게 채울지, 혹은 오늘 이걸 해봤는데 내 생각과 달리 좀 위험했다는 반성의 기록. 이런 실제 내용들이 모여 우리 반만의 의미 있는, 꼭 필요한 기록이 완성된다.

• 어린이집에 제공되는 기준이나 지표들은 무비판적으로 "그냥 해야 한대"로 받아들이지 말고 "왜 필요하지? 어떤 흐름에서 어떤 맥락에서 생겼을까?"로 접근해보자.

9. 교사가 멋져 보인 순간

만 1세 반 영아가 교구장에 자리를 알려주기 위해 붙여둔 코팅된 사진을 떼고 있다.

교사 : 00아 떼지 마~!
그 이후 교사의 말은 내 예상과는 달랐다. 떼어낸 사진을 다시 붙이고 못 떼게 할 줄 알았는데 선생님은 잠시 보시고 물레방아 종이테이프를 가지고 오셔서 바닥에 붙이신다.

교사: 00 이가 떼어보고 싶었구나~! 대신 이걸 한번 떼어볼까?
새로운 놀이가 이어지고 확장된다.

내가 현장에 일할 때 안전 모서리를 글루건으로 붙여두면 꼭 떼는 아이가 있었다. 작품을 게시해두면 꼭 만지는 아이, 교구장 영역표시 자리 사진을 떼는 아이 등등 정말 많았다. 붙이고 떼고 붙이기를 1년 동

안 반복하면 너덜너덜해지는데 나는 부끄럽게도 "떼지 말아 줘-!"라고 이야기하는 게 전부였다. 다른 좋은 방법들도 많겠지만 내가 봤던 동료 교사의 대처법이 기억에 남아 기록으로 남긴다.

10. 선배 교사의 멋진 뒷모습

#우리 좀 문제 있지 않아?

대학원 과정을 함께 하며 우연히 듣게 된 다른 선생님의 경험 이야기. 선생님은 무려 20년 차 시립 어린이집 교사셨다. 그 선생님은 현장에 계시며 대학원 석사 공부를 위해 입학하셨다. 그 어린이집에는 근속한 교사가 많은 상황이었고 대기 원아 수가 항상 많은 안정된 어린이집이라고 하셨다.

선생님은 오래 근무한 교사와 "우리 문제 있지 않나?"라는 대화를 수시로 나누며 서로를 살피고 돌아보셨다고 한다. 그러면서 CCTV를 이용해 원내 자율장학을 하게 되었는데 연차가 가장 많은 선생님이 첫 번째 대상자로 자원하셨다고 한다. 마음속으로는 '하던 대로 하니까 괜찮겠지'하는 마음으로 함께 모여 영상을 돌려보셨다고 한다. 그런데 화면 속 자신의 오해를 불러일으킬 수 있는 모습도 있고 미처 살피지 못한 아이들의 모습이 보였다고 한다. 제 삼자의 시선이 되어 스스로를 바라보셨다고 한다. 자신의 모습이 부끄럽기도 하고 아이들에게 미안하기도 해서 그날 저녁 퇴근길에 많이 우셨다고 했다.

이 이야기가 나에게 와 닿았던 이유. 큰 어려움 없이 흘러가는 일상을 스스로 돌아보려는 겸손함. 꼭 배워야 할 태도라서 기억하고자 기록한다. 시간이 흐를수록 일상의 편안함에 익숙해지면 당연하게 받아들여지고 내가 일하는 곳에서 무엇이 본질인지 중요한지 흐려지기 마련이다. 내가 한 어린이집에서 오랜 시간 근무할 때 근속연수가 쌓일수록 나를 긴장하게 했던, 나를 움직이게 했던 이야기를 소개하고자 한다.

토끼 한 마리가 토끼집에 살고 있는데 편하다고 주는 대로 먹고 주어진 삶을 수동적으로 살았다. 가랑비에 옷이 젖듯 시간이 흐를수록 토끼는 스스로 무언가를 하려는 의지가 점차 없어졌다. 결국 토끼는 본인의 의지와는 다르게 밖으로 나가고 싶어도 몸집이 커져 밖으로 나가지 못했다. 토끼집 안에서 이러지도 저러지도 못했다는 이야기이다. 이 토끼가 나 일 수 있겠구나……. 편하다고 변화나 노력 없이 그대로 주어진 일만 하다가는 몸집만 큰 교사가 될 수 있겠구나. 이후로 내 안의 자발성과 주도성을 놓치지 않으려 나름 무언가를 하려고 노력했던 것 같다.

현장에서 보육교사는 주어진 일, 해야만 하는 일이 많지만 그 속에 매몰되지 말자. 외부로부터의 자극에만 반응하여 움직이지 말고 고민을 하며 하고 싶은 일, 이루고 싶은 중요한 가치는 무엇인지 내가 추구하고 싶은 것은 무엇인지 깊게 고민하자.

11.10년 전 교사 시절로 돌아간다면?

#소소하지만 현장에 있을 때 해볼 걸

【1년에 한 번씩 나만의 포트폴리오 만들기】

아이들 포트폴리오만 신경 쓰고 만들었다. 교사인 나도 1년 동안 교육도 받고 책도 보며 나름 성장했을 텐데 기록 없이 경험만 하니 저장되지가 않는다. 아~! 그때 그 교육 좋았는데 뭐였더라……. 기억이 가물가물. 일단 클리어 파일을 사서 앞에 "2020 김형옥 성장 포트폴리오"라고 이름을 써서 붙이고 그해에 받는 교사교육, 특별히 반을 운영하면서 기록 남길 에피소드나 관찰내용들을 기록한다. 보여주기 위한 기록이 아니라 나를 위한 기록으로.

【처우개선비, 각종 수당 등등 월급 외 수당은 수당으로 차곡차곡 모아 두리라!】

참 신기한 게 돈은 뭉쳐져 있으면 쏙쏙 나간다. 분명 그때는 다 쓸 일이 있어서 정당하게 쓰였지만 시간이 지나서 보니 돈을 쪼개서 모아둘걸 하는 생각이 간절해지더라. 지금 들어오는 다양한 명목의 수당

들은 수당으로 따로 모아두기를 실천해야지. ^^

【아이들의 살아있는 말, 재미있는 상황 그대로 기록해두기】

아이들과 생활하다 보면 웃긴 상황, 재미있는 상황들이 많다. 너-무 재미있고 웃긴데 시간이 지나면서 다 잊어버린다. 10년 전으로 돌아간다면 아이들의 재미있는 상황과 말, 에피소드를 그대로 옮겨 기록하리라. ^^

12. 답정너

#답정너! 참 갑갑하다! 하지만 조심하자, 나도 닮는다

답정너란 '답은 정해져 있고 너는 대답만 하면 돼'라는 뜻을 가진 신조어이다.   (네이버 시사상식 사전)

【교사로 근무하며 느끼는 답정너 상황】
내가 보기에 원장님은 한 교사가 마음에 들지 않는 모양이다. 업무 지시를 하고 돌아온 교사의 대답이 원하는 답이 아닌지 신경질을 낸다. 3자의 입장에서 내가 보기엔 분명 신경질이다. 교사가 안쓰럽고 그 상황이 참 갑갑하다.

어느 날 원장님이 나에게 물어보신다. "선생님 업무⋯⋯." 청소기로 청소 중이었던 나는 뒷말을 잘 못 듣고 다른 대답을 했던 모양이다. 불편한 기색으로 들어가시더니 면담을 하자고 하신다. 상황을 파악하고 제가 청소 중이라 잘못 들었다고 이야기 했다. 그러자 나에게 변명을 한다는 표정과 마음의 문을 닫은 얼굴로 "넌 핑계를 대고 있어."

라는 비언어적 메시지를 마구 던진다. 참 당황스러웠다. 오해를 풀기 위해 에너지를 쏟고 싶지 않아졌다. 나의 태도에 화가 나신 원장님과의 면담이 끝났지만 원장님이 본래 해결하고자 혹은 본래 궁금했던 것이 무엇인지 알 수 없었다.

세상엔 무조건 좋기만 한 사람도 무조건 나쁘기만 한 사람도 없다고 믿는다. 그런데 종종 본인의 경험과 본인의 생각이 정답이라고 이미 마음속 답을 정하고 물어보는 질문엔 할 말이 없다. 소통의 문은 불통이 되고 본질적인 문제 해결에는 절대 갈 수 없다. 슬프게도 어린이집 현장에서 그런 일을 종종 본다. 그럴 때 드는 마음은 '차라리 물어보질 말고 원하는 걸 표현을 하세요.'라고 외치고 싶다.

그런데 번뜩 들었던 생각은 나 또한 답정너 일수 있다는 것이다. 동료 교사와도 그렇고 아이들과 관계를 맺고 일과 중에서도 나의 관점에서 내 생각대로 답을 정하고 아이들을 판단하거나 동료 교사를 판단할 수 있다. 정말 조심해야 할 일, 두려워해야 할 일 이다.

【나를 직면하자, 그리고 상황에 매몰되어 껍데기로 관계를 맺지 말자】

상대가 답정너라고 나도 똑같이 상대방을 답정너로 대할 순 없다. 왜냐면 답정너로 대하다간 나도 모르게 답정너로 물들어 가기 때문이

다. 그리고 내가 그 사람을 답정녀라고 판단하는 것도 나 또한 답정
녀 일 수 있으니. 그리고 명확한 건 내가 그 사람의 생각을 변화시킬
수 없다는 점이다. 무조건 맞춰줄 수 도 없다 에너지를 그쪽에 버리지
말자, 아깝다. 나의 영역은 내 마음을 지키고 생각하고 행동하는 것이
내가 할 수 있는 일이니 나는 나의 영역을 지키자. 그리고 끊임없이
돌아보자. 내가 답정녀인지.

• 어린이집에 많은 답정녀 조심하자. 나 또한 답정녀로 물들어갈 수
있다.

13. 교사의 시각 : 멀리, 깊이

#우리 반 아이를 볼 때 눈앞의 1년만 생각하기보다 이 아이의 아동기를 상상하고 그려보자

【올해는 6세 반 담임입니다】

귀한 인연으로 우리 반이 된 아이들, 초임 교사 시절에는 당장 눈앞의 해야 할 일들에 치여 1년을 보내기 급급했다. 연차가 쌓여 일이 익숙해지면서 지금 당장의 1년이 아니라 눈앞에 있는 아이의 아동기 전체를 상상하며 지금을 들여다보는 과정이 필요했음을 깨닫는다.

아이의 다음 연령, 초등학교 갔을 때의 모습을 상상하며 올해 1년을 계획해보자! 좁은 시각으로 아이의 현재 발달 상황만 보지 말자. 전체를 바라보며 계획하고 실행하고 잘 기록해야 다음에 무엇을 해야 하고 무엇이 필요한지가 보인다.

지금은 젓가락질이 서툴고 대변 뒤처리를 혼자하기 어려운 6살이지만 언제 그랬냐는 듯 이 아이는 연애도 하고 자기의 진로를 고민하는 사람으로 성장한다는 것을 꼭 함께 기억하자.

우리도 그렇게 컸듯이. 귀한 인연으로 만난 우리 반 1년은 앞으로 아이의 성장과정에 든든한 밑거름이 되는 시간들로 함께 만들고 채워보자.

현장에 있을 때 경험이다. 3살 아이가 당직시간에 등원해 많이 운다. 맞벌이 부모님이셨고 다른 가정어린이집을 다니다가 구립어린이집 순서가 되어 중간에 어린이집을 옮긴 상황. 아이 입장에서는 많이 낯설고 힘들었을 것이다. 그렇게 울던 아이가 잘 적응해서 어린이집을 다니고 3살, 4,살, 5살을 잘 보내고 6,7살 때 우리 반이 되었다. 내가 보기엔 아기 때 그 얼굴 그대로 키만 쑤욱 큰 느낌이다. 졸업을 시킬 때도 3살 때 찍어둔 그 사진을 보며 시간이 빠름과 아이들은 정말 금방 크는구나를 실감한다. 이러한 경험들은 나에게 짧고 귀한 유아기를 어떻게 함께 해야 할까 생각하고 고민하게 한다. 또 그렇게 시간이 흐르고 내가 아이를 출산하고 키우고 있을 때 졸업한 그 친구 어머니를 우연히 만나 반갑게 인사를 했다.

"선생님! 00이 중학생이에요!" 이야기를 듣는 순간 드는 오묘하고 신기한 마음.

14. 무엇을 받을까 vs 무엇을 먼저 해야 할까?

#순서의 문제

교사의 처우가 열악하다고 개선되어야 한다는 이야기는 예전부터 있었다. 10년 정도 현장에 있으며 초임 시절에는 선배교사들에게 "라떼는 말이야…" 이야기를 들으며 "뜨아" 놀라기도 했지만 확실히 느리지만 아주 조금씩은 좋아지고 있는 듯하다.

지금 기록하고 싶은 이야기는 처우의 이야기가 아니다. 교사의 급여, 근무조건, 보너스 혹은 복지혜택 등에 관심을 가지고 에너지를 쏟는 만큼 보육과정, 우리 반 아이들에게 필요한 역할과 도움에 에너지를 쓰고 있는지 스스로 돌아봐야겠다는 반성이 있어서 기록한다.

물론 교사의 정당한 보수, 복지혜택도 행복하고 안정된 보육환경을 위해 꼭 필요한 조건이다. 하지만 당장 내가 할 수 있는 일은 그러니까 교사의 역할은, 우리 반 아이들에게 선한 영향력을 미치고 있는지, 책임감 있게 아이들 에게 시간과 에너지를 쓰고 있는지 살펴보는 일이다.

영역별 교구장 혹은 바구니에 먼지가 쌓이거나 망가진 교구가 있는데 교사는 놓치고 있지 않은지, 우리 반 아이의 마음을 관찰해서 살펴보고 다독여야 하는데 살필 여력이 없거나 무관심하지는 않은지 돌아보자! 교사의 열악한 근무 환경만 한탄하며 그냥 그렇게 시간을 보내고 있지는 않은지 다른 사람이 아니라 나를 돌아보자!

15. 새롭게 보기
#무료한 일상, 반복되는 하루, 갑갑한 마음이 들 때

언제인지 정확히 기억은 나지 않지만 아이들 소리가 듣기 힘든 시기가 있었다. 그때는 반복되는 하루 일과가 갑갑하고 답답했다. 너무 힘든 날에는 휴게 시간에 병원 다녀온다는 핑계로 바깥공기를 마시고 들어오기도 하고 퇴근 후 다른 직업을 알아보기도 하며 시간을 보냈다.

직장인 건강검진을 연례행사처럼 하는데 어느 날 우편으로 날아온 결과서에 '내과로 정밀검사 요망'이 떴다. 어? 뭐지? 운동 하세요가 아니라 정밀 검사 요망. 그렇게 대학병원에 건강검진 결과서를 가지고 내원하게 되었다. 결과는 경계라인에 있는 어떠한 수치로 3개월에 한 번 혹은 6개월에 한 번씩 소변검사와 피검사를 하며 추적검사를 해야 한다고 했다. 그렇게 시작되었다. 나는 상태에 따라 3개월에 한 번 6개월에 한 번씩 검사하고 진료받기를 했다. 그 경험이 나에게 큰 돌아봄의 시간이 되었다.

빽빽하게 많은 사람들 속에서 진료 차례를 기다리고 있으면 다양한 사람을 보게 된다. 우는 환자도 있고 어딘가 멍하게 힘들어 보이는 사람. 저 사람은 어디가 아플까? 궁금하기도 했다. 또 오다가다 보게 되는 환자복을 입은 우리 반 아이들 나이 정도 돼 보이는 아이들……. 스치는데 마음이 너무 아팠다. 그렇게 병원에 한 번씩 다녀오고 어린이집에 가면 다 감사했다. 고집부리는 아이, 짜증 부리는 아이, 모든 아이가 다 감사했다. 어린이집의 하루 일과가 당연한 게 아니라 정말 감사한 상황이구나……. 배운다.

• 평범한 일상은 당연한 게 아니라 기적과 같다!

16. 역지사지

#생각하고 고민해볼 말, 그리고 나 먼저 실천해야 빛이 나는 말

【선배교사 vs 후배교사 】

여기서 선배라는 것은 내가 입사한 어린이집에 먼저 입사해 근속이 오래된 교사를 의미하기도 하고 직급이 있는 원감이나 주임교사 선임교사를 의미하기도 한다. 어린이집이라는 곳은 이름이 같고 운영되는 큰 틀은 같지만 실제 운영되는 형태는 너무나 다양하다. 그리고 어린이집마다 추구하는 운영방침에 따라 큰 것부터 작은 것까지 다 다르다. 다르다고 잘못되었다는 건 아니다.

예를 들어 부모 모니터링반 경험을 할 때 점심식사 준비만 봐도 그렇다. 어느 원은 아이들이 줄을 서서 배식을 하는 형태로 운영이 되고 또 어느 원은 교사가 배식을 다 완료 후 아이들은 식사를 하는 형태를 보인다. 또 국물까지 모두 다 먹어야 하는 약속이 있는 곳도 있고 자율적으로 남겨도 무방한 어린이집도 있다. 그런데 혹시 저 선생님은 우리 어린이집의 운영방식과 조금은 형태가 다르다고 혹은 나의 방법과 다르다고 "틀렸어-!"라고 생각한 적이 있나?

같은 교사로서 부끄럽고 보기 힘들지만, 결정권을 가진 교사가 주축이 되어 무리를 형성해 나와 조금이라도 다른 교사를 다른 무리로 규정을 짓거나 틀렸다고 선을 그으며 편을 나누는 교사들이 있다. 또 그 무리에 완전히 들어가진 않았지만 저 무리가 좀 이상하다는 생각을 하며 괴롭힘을 당하는 교사를 선뜻 돕지 못하고 방관하는 교사도 있다. 어린이집과 맞춰가야 할 부분이 있다면 객관적이고 명료하게 업무 방법을 전달하면 되는데 그냥 자신의 방법대로 하지 않는다고 비판이 아닌 비난을 하는 교사. "경력이 있는데 왜 이것밖에 못해?", "이 일을 이렇게 처리하더라? 진짜 이상하지?" 뒷이야기만 하는 교사도 있다.

나도 방관자의 위치에서 어떤 도움을 주어야 할지 몰라 마음이 답답한 적이 있었다. 교사끼리 편을 가르고 배척한다면 그 영향들이 고스란히 아이들에게 흘러갈 수 있는데……. 편협한 생각을 가진 교사가 안타깝고 답답했고 힘들어하든 교사를 보면 마음이 아팠다. 그때 필요한 말이 "역지사지"였다.

건강한 조직문화 직장문화가 필요하겠다고 생각이 들었다. 갑갑해하기만 하고 이래서 안된다고 마음을 닫기보단 조금씩 변화하고 공감

하며 나부터라는 생각을 가지고 실천하면 정말 변화가 있을 거라 믿는다. 그리고 무엇보다 조직의 일부로 나의 영향력을 과시하는 것이 아니라 타인의 어려움과 불편함을 함께 나누고 돕는 존재로 나의 역할에 대해 재정의가 필요함을 느꼈다.

• 역지사지는 원장님, 교사, 아이들, 학부모 모두에게 적용되는 말이다. 그리고 무엇보다 나부터 역지사지를 생각하고 실천해야 변화가 시작된다.

17. 쌓여가는 하루 vs 흘러가는 하루

#우리 반 아이들을 오롯이 책임지는 평교사가 하고 싶다. 너-무 ♡

간혹 만나는 교사 중에 "나는 어린이집을 차릴 거예요.", "나는 주임 하고 원감 하고 경력 쌓을 거예요." 이야기 하는 교사들이 있다. 그런데 정작 지금의 교사 일에는 마음이 없는 것 같은 느낌을 받을 때가 종종 있다. 마치 코스를 밟는 듯. 형식만 남고 내용이 없을 수 있 겠다는 생각이 든다.

선임, 주임교사, 원감, 원장을 목표로 하루를 살다 보면 반짝이는 "오 늘"을 놓칠 수 있다. 소중한 오늘이 그냥 흘러가 버린다. 물론 큰 그 림을 그리며 꿈꿀 순 있지만 조금만 방심하면 주객이 전도된다. 오늘 하루, 우리 반의 작디작은 일상, 상황, 아이들의 모습에 무게를 두고 하루하루를 잘 쌓아가다 보면 선임교사, 주임교사, 원감, 원장이라는 정류소에 도착하는 게 자연스럽다. 그리고 그 순서가 우리 직업의 본 질을 지키는 흐름이라는 생각이 들었다.

교사 생활, 출산 휴가, 육아휴직, 퇴사, 대학원 진학, 부모 모니터링 반, 딱 한번 경험했던 보수교육 강의 등등 보육과 관련된 다양한 일을 하면 할수록 정말 하고 싶은 일은 재미있게도 그냥 평교사다. 아이들의 일상을 담고 고민하고 관찰하고 함께하는 일. 작다고 생각했고 때론 지루하기도 했던 그 일상이 참 그립다. 지금은 어딘가를 새롭게 입사해 평교사를 하기엔 나이도 너무 많고 연차도 많다. 그래도 마음 한편에 언젠가 기회가 주어진다면 꼭 다시 평교사를 하고 싶다는 꿈을 가지고 있다.

지금 복닥복닥 아이들과 하루를 살아가고 살아내는 후배 선생님들에게 우리가 살아가는 하루하루는 그냥 흘러가지 않고 쌓인다는 이야기를 하고 싶다. 때론 반복되는 하루가 지루하고 숨 막힐 듯 답답할 때도 있고, 불합리한 환경에 지칠 때도 있다. 그렇지만 아이들과 함께 만들어 가는, 살아가는 하루하루는 신기하게도 헛되이 흘러가지 않는다. 시간이 지나면 산처럼 쌓여 무언가를 만들고 있다. 그러니 오늘도 새 마음으로 리셋하고 가치가 있는 곳에 에너지를 보내며 충전하자♡

18.비로소 보인다

#효율적으로 빨리 한다고 속도를 내다가 놓치는 것들

【우선순위】

어린이집에는 해야 할 일이 참 많다. 각종 서류 업무와 활동자료 준비와 같은 개인 업무부터 공통 업무까지 크고 작은 일들이 많다. 여기에서 교사가 우선순위를 명확히 정해두지 않으면 빨리 빨리 분주하게 처리하다가 나도 모르게 하루가 지나간다. 그날 제출해야 하는 서류에 수정이 필요하거나, 마무리하지 못한 자료 준비를 해야 하거나, 급하게 처리해야 할 일이 갑자기 등장하는 등 변수도 많기 때문이다. 분주한 일들에 치여서 하루하루를 살다 간 금방 소진된다. 일을 행복하게 지속하기도 어렵다. 힘들고 지쳐서 그만둬야 하나, 다른 직업을 찾아야 하나 검색하고 고민하게 된다. 내가 그랬다.

교사는 스스로 고민해 봐야 한다. 나는 지금 여기에서 어떤 역할을 해야 하고 하고 싶은지. 그렇게 고민하다 보면 그 어떤 서류나 업무보다 아이들이 우선순위로 남는다.

그리고 일의 중요도에 따라 순서를 매길 수 있다. 출근해서 퇴근까지의 시간과 내게 있는 에너지가 10개라면, 모든 일에 동일한 에너지로 임할 수는 없을 것이다. 가장 중요한 시간, 나의 에너지를 집중해야 하는 시간을 스스로 고민하고 순서를 정해야 한다. 나는 자유선택활동 시간이 가장 소중했다. 오롯이 아이들을 보고 관찰할 수 있고 가까이에서 아이들의 이야기를 듣고 마음을 나눌 수 있었기에…….

나는 하루 일과 중 어떤 시간에 가장 에너지를 집중하고 있는지 나의 역할들은 무엇인지 리스트업 해보는 시간이 없었다면 꼭 해보길 바란다. 읽는 것에서 끝나면 아무 변화가 없지만 읽고 나를 돌아보고 우선순위를 정해본다면 변화는 나로부터 시작될 것이다. 지금 눈에 보이는 메모지나 자투리 종이에 생각나는 것을 적어보자.

현장에서 생각보다 아이들의 놀이시간에 행정적인 일을 처리해야 하거나 기타의 다른 일들을 겸해야 할 때가 많다. 그래서 꿈꿔본다. 자유선택활동 시간에 원장님이나 원감 선생님이 행정적인 일처리로 잠시 보자고 하시면 "지금 저희 반 자유선택활동 시간이라 지금은 교실을 비우기가 어려워요."라고 당당하게 말할 수 있는 교사가 많아지기를.

【속도】

물리적인 시간의 속도는 내가 어찌할 수 없다. 하지만 아이들을 만나는 보육교사인 우리의 마음속 속도는 언제나 "보통" 혹은 "느리게"를 유지해야 한다.

아이들은 다양한 행동과 놀이로 마음속 상태나 여러 욕구를 표현한다. 그런데 교사의 마음이 급하면 그 신호를 전혀 알아차릴 수 없다. 아니 보이지 않는다. 교사의 마음이 안정되고 천천히 흐를 때 아이들의 소리, 표정, 마음이 비로소 보이고 들린다. 그 아이는 나름의 표현을, 신호를 계속 보내고 있었을 것이다. 내 마음의 속도가 어떤지, 스스로 객관적으로 살피고 돌아보고 유지하려고 노력하자!

19.글을 쓰니 일상이 달리 보인다

혼자 글을 쓰기 드라마틱한 변화가 있다는 건 아니지만 나의 마음과 시선이 조금씩 달라졌다. 나만 아는 변화일지도 모르겠다.

현장에서 보조교사를 하며 즐겁기도 하지만 때론 지치기도 하고 갑갑하기도 했다. 글을 쓰기 전에는 하루하루가 밑 빠진 독에 물을 붓는 것같이 남는것 없이 흘러가는 것처럼 느껴졌다. 글을 쓰니 현장을 대하는 마음과 태도가 달라졌다. 어려움, 갑갑함은 힘든 상황이 아니라 글을 쓸 수 있는 재료로 보였다. 잊어버리지 않으려고 상황을 단어로 기억하려 애쓰고 메모했다. 또 생각을 글로 적고, 다시 읽어보고, 정리하는 과정은 나를 돌아보게 되고 또 단단하게 하는 과정이었다.

글을 쓰는 건 직업적인 작가나 교수님이 쓰는 거라는 고정관념을 가지고 있었다. 이런 생각을 깨고 부족하면 부족한 만큼, 다음번에 더 성장한 내용으로 나만의 이야기를 기록해야겠다. 또 그런 보육교사가 많았으면 좋겠다. 나의 현장을 기록하는……

20. 어린이집에서 공평이란?

#특히 어린이집 교실에선 아이마다 각자 다른 사정이 있다

영아 두 명이 10시 30분쯤 등원했다. 한 친구는 엄마와 헤어지기 힘들어 울며 등원하였고 한 친구는 엄마와 기분 좋게 인사하고 등원한다. 울고 등원한 친구는 간식을 먹었고 기분 좋게 등원한 친구는 간식을 먹지 않았다. 이 상황을 제 3자가 보면 어떤 생각이 들까?

어린이집 상황을 잘 알고 교사에 대한 신뢰가 있다면 그럴만한 상황이 있을 거라고 생각할 수 있다. 하지만 어린이집을 잘 알더라도 눈앞의 표면적 상황만 보고 공평하지 않다고 단정 지어버리는 상황이 참 많아 기록을 남긴다.

울고 등원한 친구는 평소에 간식을 좋아해 간식 먹으며 속상한 마음을 전환하려고 했다. 웃으며 등원한 친구는 평소 점심밥 먹기를 어려워하는 친구라 늦은 등원으로 간식을 먹으면 점심식사에도 영향이 있어서 그 시간에 좋아하는 유희실 놀이를 좀 더 하라고 제공하지 않았다.

이러한 앞뒤 상황을 궁금해 하지도, 알려고 하지도 않고 그냥 보이는 것으로만 판단해 버리는 건 교사의 교권을 무참히 짓밟는 것이다. 학부모든, 원장님이든, 동료 교사든…….

• 물론 모두가 좋아하는 간식이 딱 한 조각 남았을 때 정말 개미 눈곱만큼씩이라도 작게 잘라 똑같이 나눠먹어야 하는 공평과는 다르다. ^-^

21.교사의 말투, 태도, 표정이 흡수된다

"우리가 아이에게 가르쳐주는 것은 손에 잡히는 지식뿐만이 아닙니다. 부모의 에너지, 태도, 문화도 가르치고 있는 것입니다. 생각해보세요. 아이들은 부모의 식성도 닮고 말투도 닮습니다. (중략) 부모가매사 부정적으로 말하면 아이도 어느새 부모의 말을 그대로 따라 합니다. 부모가 조급증을 느끼고 죄책감을 품은 채 아이를 키운다면 그대로 조급증과 죄책감을 가르치는 꼴이 됩니다."

<내 아이를 위한 칼비테 교육법, 이지성 中 >

가정에서 뿐만 아니라 어린이집에서도 그렇다. 예를 들어 교사가 음악을 좋아하면 자연스레 음악과 관련된 활동과 환경을 자주 제공하게 된다. 이에 아이들도 음악을 접할 기회가 많아져 음악을 좋아하게되는 경우가 많다. 또 나의 사소하고 작은 습관들, 예를 들어 손에 짐을 들고 있을 때 발로 문을 밀어 닫는지, 밥을 먹을 때 물을 먹는지, 손을 자주 씻는지 등등. 내가 인지하지 못하는 나의 모든 것들은 아이

들에게 좋게 혹은 나쁘거나 영향을 주고 있다.

이 이야기를 하는 이유는 "아이고 무서워서 가만히 있어야겠다."가
아니라 그만큼 중요하고 귀한 자리에 있음을 아는 것에서 출발하자
는 것이다.

세상에서 제일 무서운 눈은 현장 관찰자 눈도 아니요, 시, 구청 감사
나온 눈도 아니요, 원장님의 눈도 아니다. 나를 언제나 주의 깊게 보
고 있는 아이들의 초롱초롱한 눈이다. 특히나 아이와 단둘이 있을 때,
그때가 정말 핵심이자 하이라이트인 중요한 시간이다.

• 크고 작은 습관과 행동을 돌아보는 것도 중요하다. 하지만 본질적
으로 우리 반 아이들에게 교사가 미치는 영향력의 힘을 인식하자. 그
래서 어떻게 하루를 보내고 아이들을 만나야 할지 나를 돌아보고 고
민해보자. 교사가 무언가를 열심히 준비해서 가르치는 것보다 평소
일상에서 나의 말투, 생각, 표정, 행동이 아이들에게는 더 큰 가르침
이 되고 아이들 삶에 영향을 준다는 것을 언제나 잊지 말자-!

22.교사 각자가 가진 재능

#다른 교사의 재능을 따라하려고 하지 말고 나만의 재능을 찾아내자

어린이집에 근무하는 교사들의 색깔은 참 다양하다. 그리고 각자의 재능이 모두 다르다. 어떤 교사는 기계를 잘 다루어 행사할 때면 찾는 이가 많다. 어떤 교사는 환경 구성과 수업 준비를 잘해서 같은 연령 옆 반 교사를 조바심 나게 하기도 한다.

교사 개개인은 꼭 한 가지씩 장점, 무기, 재능이 있다. 정말 그렇다. 나는 손재주가 없어, 나는 학부모 만나는 게 어려워, 나는 아이들과 상호작용이 참 어렵더라, 난 서류가 정말 싫어 등등. 정말 힘들고 싫은 것에 마음을 두기 전에 그래도 난 이걸 잘해, 난 이게 좋더라, 하는 것을 찾아보자. 나와 다른 재능을 가진 교사를 부러워하고 따라하려고 하면 내 안의 보물을 놓치고 만다.

교사 시절 나는 일명 "가시손"이었다. 잘 되던 코팅기를 내가 만지면 버벅거리거나 고장이 나기도 하고 프린트기는 잘 되다가 멈추기도 했다. 그리고 정말 자신이 없는 것은 환경 판을 구성하는 일이었다. 교사의 그림과 가위질만으로 환경 판을 꾸미는 일은 나에겐 정말 어려운 일이었다. 처음엔 옆 반의 손 빠르고 아기자기 너무 잘 만드는 교사의 솜씨를 보며 내 솜씨가 부끄러워지고 옆 반의 환경판을 볼 때마다 위축됐다. 하지만 솜씨 좋은 교사를 따라하려 애쓰지 않았다. 나만의 방법을 찾았는데 그것은 바로 아이들과 함께 만드는 환경 판을 구성하는 것이다. 나의 부족한 점을 있는 그대로 인정했다. "난 환경 판 구성하는 일이 참 어렵더라." 그렇지만 작아지는 마음에 머무르지 않고 내가 좋아하고 잘하는 것은 무엇이지? 생각하며 내 안으로 흐름을 가지고오려 노력했다.

그러자 변화가 생겼다. 내 직업에 대한 나의 만족도, 교사로서의 성취감이 생겼다. 나는 아이들의 마음을 살피고 상호작용하는 일이 즐겁고 좋았다. 내가 중요한 일이라고 여기는 일에 가치를 두고 정성스럽게 에너지를 쏟았다.

혹시나 이 글을 읽고 있는 선생님 중에 그런 마음이 있다면 외부의 흐름이 아니라 나의 소리를 먼저 들어보자. 내가 이 직업에서 좋아하는 것 잘하는 것을 찾아보자. 없는 것 같지만 정말 나만이 좋아하고 잘하는 것이 꼭꼭 숨어있다-!

23. 직장인이 아닌 직업인

#세바시 강연을 듣고 나에게 적용하기

세바시 강연을 듣다가 "우리는 직장인이 아닌 직업인이 되어야 한다."는 이야기를 들었다. 처음엔 말장난처럼 큰 차이를 느끼지 못하다가 강연을 들어볼수록 그 차이가 무엇인지 알게 되었다.

대학교를 졸업하고 10년간은 직업인이라기보다 직장인이었다. 출산과 육아로 퇴사를 하자 내 마음속에 직장이라는 구멍이 생긴 듯했다. 그 구멍은 엄마가 되었다는 행복감과 만족감으로 채워지지 않는 구멍이었다. 그래서 아이가 조금씩 클수록 그 구멍을 채우기 위해 내가 할 수 있는 "직장"을 찾았던 것 같다. 지금 "어린이집"이라는 직장을 다니고 있지만 보육교사라는 직업인 의식으로 내면을 채워보자.

직업인으로 우리의 전문성을 차곡차곡 잘 쌓아가 정말 보육교사라는 직업인이 되면 필요와 상황에 따라 "직장"은 있다가 없다가 유동적으로 변화할 것이다. 그 변화가 두려움이 아니라 새로 움으로 느껴질 수 있을 것이다. 그러면 직장을 다니는 나의 시각과 태도에 변화가 생긴다. 현재 내가 다니는 어린이집이 이름만 들어도 그럴 듯한 곳인가? 누구에게 말하기 싫은 곳인가? 그건 중요하지 않다. 현재의 직장인 어린이집에서 내가 얼마큼 직업인으로 성장했는가가 좀 더 우리에게 필요한 질문이다.

• 누구나 할 수 있다는 보육교사라는 직업. 하지만 아무나 할 수 없는 직업이다.

24.교사의 신념

#원장님께 치이고, 학부모에게 치이고. 동료에게 치이는 날

【괜찮아. 그런 날이 있다】

때론 나의 수고와 상관없이 칭찬을 받거나 상대가 고마워할 때도 있다. 달콤한 말로 나를 기분 좋게 해주는 상황도 있다. 우리의 삶은 동전의 양면 같으니 반대의 상황도 물론 있다. 심기가 불편해 보이는 원장님, 지난 일을 이야기하시며 왜 그렇게 했냐고 추궁하시거나(이미 그때 이야기가 끝났는데도) 나를 바라보는 시선이 불편해 보일 때가 있다. 물론 불쾌한 이야기를 아무렇지 않게 이야기하거나 지나친 요구를 하는 부모도 있다. 현장을 돌아보며 마음이 아파 기록하고 싶은 이야기는 교사는 어린이집이라는 조직의 부속품이 아니라는 것이다.

간혹 몇몇 원장님 혹은 학부모는 "너 아니어도 여기 일할 사람 많아." 의 말투와 눈빛으로 교사를 누르고 힘들게 한다. 교사도 마음이 있는 누군가의 소중한 가족이라는 사실을 역지사지로 꼭 느끼는 날이 왔으면 한다.(물론 본받고 싶고 따뜻한 원장님 학부모도 많다.) 그렇다면 일선의 교사들은 어떤 마음으로 일해야 할까? 어떻게 해야 좀 더 지혜롭고 나를 지키며 행복하게 일할 수 있을까?

【우리 반에서, 나의 일에서 주도권자는 원장님도 학부모도 아닌 교사다 】

그래서 나만의 신념, 철학, 교사로서의 목표가 있는지, 없는지가 너무 중요하다. 지치고 어려운 일이 있을 때 나만의 신념과 목표가 있는 교사는 예상치 못한 태풍을 만나 궤도를 벗어나도 다시금 정신을 가다듬고 자신의 궤도로 돌아온다. 하지만 교사의 신념, 철학은 나와는 상관없는 어려운 이야기라고 치부하고 누군가가 시키는 일, 해야 하는 일만 한다면 정상궤도로 돌아오지 못하고 안드로메다로 떠나 버릴지 모른다.

【나는 원장님이나 학부모를 만족시키기 위해 일하는가?】

누군가에게 도움을 주는 일은 참 행복하다. 교사를 하며 보람을 느끼는 큰 이유는 누군가에게 도움을 줄 수 있는 것이 기뻐서다. 하지만 때론 내가 일하는 목적이 원장님이나 학부모의 만족을 위해서 일을 하고 있지는 않은지 돌아봐야 한다. 누군가에게 만족이나 기쁨을 주는 것은 내가 일한 결과의 일부다. 내가 주는 것이 아니라 상대방이 느끼는 것이다. 한마디로 내 영역이 아니다. 누군가의 만족이나 기쁨을 목적으로 일을 하는 건 그 어느 누구도 만족시킬 수 없다는 사실을 꼭 기억하자.

혹시나 현장에서 일을 그만두어야 하나 고민하는 교사가 있다면 외부적 요인이 아니라 내부적인 나만의 목표를 만들고 그 목표를 다 달성하고 이직을 고민해보자. 1년 후, 2년 후 힘들었던 그 상황이 나에게 지옥 같은 기억으로 남을 수 있다. 반면 그때 참 못된 사람들을 봤지만 나만의 기준으로 내가 세운 목표를 달성하며 "잘 성장했다, 잘했다 00아, 대견해!"라고 말해줄 수도 있다.

나만의 목표를 만들려면 뿌리가 되는 신념이 필요하다. 신념이라는 건 앞서 이야기했듯 어렵고 거창한 것이 아니다. 누군가의 말에 나의 마음이 동요된다면 그 말을 나의 언어로 다시 표현해 보자. 그게 나만의 신념이 된다. 이 글을 읽는 지금이 바로 적기다. 미루지 말고 적어보자.

• 후배 교사들이 조직 안에서 누군가에 의해 주어진 일만 수동적으로 하지 않았으면 좋겠다. 교사 하나하나가 1인 브랜드처럼, 스스로 생각하고 중요하다고 생각하는 가치를 신념 삼아 일했으면 좋겠다. 색깔이 다양한 것처럼 교사의 색깔이 다양하게 표현되면 좋겠다. 교사, 아이들, 어린이집이 서로 존중하고 어울려 성장하는 어린이집이

많아지면 좋겠다. 보이는 것만 그럴듯한 게 아니라 내면이 행복한 교사가 많아지면 좋겠다. 마음이 아프고 누군가를 만족시키다 진이 빠지는 교사가 없었으면 좋겠다. 현장을 지키는 선생님들이 어린이집의 부속품처럼 여겨지지 않고 교사로 뿌리 깊게 자립하고 생각하고 성장하길 바라본다. 먼저 나부터♡

25.교사의 자율성 이전에 주체성이 먼저

개정된 표준보육과정에서 강조된 것 중 하나는 보육과정을 운영하는 교사의 자율성이다. 하지만 현장을 들여다보면 주어진 자율성을 어찌 사용해야 할지, 어떤 게 바른 방법인지 알 수 없어 혼란스럽다. 사실 교실 안에서 교사의 자율성이 빛을 발하려면 먼저 선행되어야 할 중요한 것은 교사의 신념이다. 왜 교사를 하는지. 어떤 영향력을 발휘하고 싶은지, 어떤 교육, 보육을 하고 싶은지 나만의 주체성이 있어야 자율성이 빛을 발할 수 있다.

부끄럽게도 현장에서 정교사로 일할 때 주어진 일, 시키는 일만 하기에도 벅찼다. 나는 어떤 교사로 일하고 싶은지 어떤 생각을 가지고 있는지 이 일은 왜 해야 하는지 스스로의 고민이 없었다. 그랬기에 바빴고 조바심이 났고 이 길이 맞나 고민이 되었다. 그리고 타인에 의해 주어진 해야 할 일들을 내 생각이 빠진 체하느라 소모적으로 일을 했다. 시간이 지나고 보니 나의 직업의 뿌리가 되는 어떤 교사가 되고

싶고 나는 왜 교사가 되고 싶은지 나만의 고민이 생략이 된 채 효과
적인 교수 방법에만 몰두가 되어있던 나를 돌아본다.

【함께 고민해야 할 때】

나도 그리고 이 글을 읽고 있을 현장의 교사, 예비교사들도 꼭 함께
고민해야 한다. 나는 왜 보육교사가 되어 아이들을 만나려고 하는가,
나는 내가 만나는 아이들에게 어떤 것이 가장 중요하다고 생각하는
가, 어떤 도움을 주고 싶은가, 교사로서 나의 신념은 무엇인가 고민해
보고 나만의 언어로 적어봐야 한다.

• 뿌리가 있어야 비바람이 칠 때 나를 잡아줄 수 있고 방향을 모를
때 어려울 때 헷갈릴 때 중심이 되어줄 수 있다.

26. 씨앗이 없는 화분 vs 씨앗이 있는 화분

#보육교사의 신념은 씨앗이 심긴 화분이다

【씨앗 없는 화분=교사로 나만의 신념 없이 경력을 쌓는 교사】

현장에 있다 보면 좋은 일, 힘든 일, 어려운 일 등등 정말 다양하고 많은 상황을 경험하고 만나게 된다. 보육 현장에서 어떤 교사가 되고 싶은지, 교사로 중요한 것은 무엇인지, 아이들에게 어떤 영향을 미치는 교사가 되고 싶은지 고민이 없다면 씨앗 없이 흙만 담긴 화분과 같다. 아무리 햇볕을 보이고 물을 주어도 그냥 화분을 통과해 물이 빠져나온다. 그리곤 그게 끝이다. 다른 변화는 없이 그렇게 세월은 흘러간다.

【씨앗을 심은 화분=교사로 나만의 신념을 만들고 경력을 쌓는 교사】

교사가 나만의 신념을 고민하고 만들어도 어렵고 힘든 상황을 만나게 된다. 그러면 신념이 있고 없고는 무슨 차이가 있을까? 내가 경험한 것은 바로 해석의 차이다.

신념이 없다면 내가 만난 어렵고 힘든 상황과 경험들이 그냥 지나가 길 바라며 버틴다. 반면 나만의 신념이 있다면 일단 이 상황을 내 기준으로 어떻게 해석하고 바라볼지 고민한다. 외부의 시선과 결정이 아니라 내부적인 나만의 시선과 결정으로 바라보게 된다. 이 과정이 작아 보이지만 결국 나에게 거름이 되어 건강한 새싹이 나오고 건강한 열매를 맺을 수 있는 밑거름, 뿌리가 되어준다.

【나만의 신념 만들기. 지금 고민하고 만들자. 완벽하지 않더라도 괜찮다. 살아가며 수정하고 보완해 가면 된다.】

혹시 이 글을 보고 있는 현장의 교사가 1년차 초임일 수도 있고 10년차 경력자 일 수도 있다. 교사로 신념을 특별히 고민해본 적 없다면 막연히 어렵고 나와는 상관없는 이야기라고 치부했다면 이 글을 읽고 바로 지금 고민해보고 내 생각을 적어보면 좋겠다.

• 어설프고 미숙해도 괜찮다 우리는 앞으로도 보완하고 수정하며 만들어갈 거니까. 망설이는 마음부터가 시작이다. 종이와 펜을 앞에 두고 뭐라도 적어보자.

27. 아이들 = 너무 예쁜 존재?

#나는 아이를 어떤 존재로 바라보고 있는가?

아이들이 예쁘고 귀엽다는 건 아이들 존재에 대한 수만 가지 특징 중 하나일 뿐이다. 아이들을 데리고 현장학습을 가거나 산책을 갈 때 지나가는 사람들이 아이들을 보며 별 말을 하지 않아도 눈빛에서 하트가 발사되는 경우가 많다. 또 현장에서도 교사들이 "아이들 너무 예뻐서, 좋아해서 일을 시작했어요."라는 교사를 자주 만나기도 한다. 물론 존재 자체로 아이들은 예쁘다. 그런데 아이들은 그 예쁨이 전부가 아니다.

【교사들의 대화】

A교사 : 아이들 너무 예쁘고 귀여워요.

B교사 : 하루 종일 있어 봐요. -..-;;

대화에서 알 수 있듯 성인보다 작고 귀여운 몸짓, 해맑음 등 외형적으로 보이는 귀여움과 예쁨은 아이들 존재를 설명하는 일부일 뿐이다.

아이들과 함께 삶을 살며 건강한 삶을 살아낼 수 있도록 돕는 교사
는 아이를 어떤 존재로 바라보고 있는지 나만의 아동관이 필요하다.
즉 아이라는 작은 인격체를 어떻게 인식하고 바라보고 있는지 고민
이 필요하다. 그냥 아이들이 예뻐서 교사를 한다는 이유를 넘어서 아
이들의 삶을 이해하고 하나의 생명체, 인격체로 존중해야한다.

내 경험으로는 아이를 인격체로 존중한다는 것은 생각보다 어렵다.
나와 다른 생각, 생활 모습, 다르다는 것을 그 자체로 가치 판단을 하
지 않고 수용한다는 건 정말 쉽지 않다. 쉽지 않지만 모두 함께 노력
해야 할 일임은 분명하다.

【현장에서 우리가 함께 고민해야 할 일 】

교사가 옳다고 생각하는 고정된 생각의 틀 안에 아이들을 밀어 넣고
있지는 않은가? 아이들이 성인의 이야기에 "네"라고 대답해야 착하
고 좋은 아이라고 생각하고 있지는 않은가? 교사가 다 헤아릴 수 없
을 만큼 등원, 하원하기 전의 아이들은 저마다의 상황이 있음을 기억
하자. 그러니까 지금 오전 간식을 먹고 있는 우리 반 아이들이 각자
집에서 어떤 시간을 보내고 어떤 경험을 하고 지금 우리 교실에 모두
모여 간식을 먹고 있는지, 우리가 다 알 수는 없지만 각자의 다름을
헤아리고 인정하는 마음을 장착하자!

• 우리 반 아이들은 같은 회사에서 기계처럼 찍어낸 한 종류의 과자가 아니다. 제각기 다른 모양, 맛, 색깔을 지닌 종합선물세트와 같다. 아이들 각자 다른 개성과 삶의 다른 모양들이 서로 어우러지고 그 자체로 존중되어야 한다.

28. 부모상담은 있는데 유아 상담은?

#현장에서 실천해 보고 싶은 경험 나누기

【경험 1】

대학원 졸업 논문을 준비하며 7세 아이들과 1:1로 면담을 진행한 적이 있었다. 평소 놀이를 관찰하며 만났던 아이들인데 분명 달랐다. 한없이 개구쟁이였던 남자 친구도 단둘이 앉아 면담을 하니 세상 쑥스럼쟁이가 되었다. 집단으로 만나는 아이들과, 1:1로 만나는 경험은 참 달랐다. 아이의 이야기에 집중하고 이야기를 나누었던 경험은 아이의 새로운 면을 볼 수 있는 낯설고 새로운 경험이었다. 그리고 평소 알 수 없었던 아이들의 속마음을 들을 수 있기도 했다. 그 경험을 토대로 돌이켜 보니 학부모 상담은 정기적으로 1년에 2번, 필요에 따라 수시로 상담을 하면서 어린이집 생활의 주체인 아이들과 교사가 개별적으로 만나 이야기를 듣고 나누는 시간이 없다는 게 참 아쉬웠다.

【경험 2】

장애통합보육도우미로 짧은 시간 일을 할 때였다. 장애가 있는 유아와 비장애 유아가 어울릴 수 있는 기회를 의도적으로 제공하기 위해 일과 중에 소그룹으로 근처 "시장을 다녀오기", "은행 다녀오기"와 같은 일상생활 활동을 진행하였다. 이 경험은 정교사로 일할 땐 생각해보지 못했던 일이라 직접 경험하며 어떨지 설레기도 하고 궁금했다. 한번 갈 때 비장애 유아, 장애 유아 3-4명과 교사 2명이 함께 지하철이나 도보로 이동해 물건을 사는 활동이었다. 해보니 참 좋았다. 정신없이 다녀오는 분주한 외부활동이 아니라 서로의 표정을 살피고 이야기를 나눌 수 있었다. 그러니 자연스럽게 도움이 필요할 때 서로 도움을 주기도 하며 관심을 보였다. 이러한 경험은 자연스럽게 어린이집 일과에서도 연결되었다.

【난 왜 현장에 있을 때 해볼 시도도, 아니 생각조차 못했을까?】
필요하다는 생각조차 못하고 기존의 방식을 그대로 수용하며 하루하루를 분주하게 보냈다. 지금 다시 현장에서 우리 반을 운영하게 된다면 시간을 내어 1년에 최소 두 번은 짧게라도 아이들과 1:1로 마음을 나누는 일을 하고 싶다. 부모를 상담하는 일만큼 함께 생활하는 아이들의 마음은 어떤지, 반에서 생활하는데 어려움은 없는지 진짜 원하는 것은 무엇인지 마음을 나누며 들어보리라. 그리고 아이들의 소그룹 지어 근처 도서관을 다녀오든 마트를 다녀오든 여러 활동을 계획하고 진행해 보고 싶다.

【익숙한 일상을 낯설게 보기】

현장에 있다 보면 해야 할 일들을 해내느라 여유가 없었다. 왜 해야 하는지 무엇을 위해 해야 하는지 생각을 생략하고 눈앞의 일들을 하느라 급급했다. 지금 돌아보면 좀 더 본질을 고민하고 무엇을 하는지 이 일을 왜 하는지 생각하고 내면적으로 소화하는 과정을 거치지 못했던 게 아쉽다.

29. 아이랑 단 둘이 있을 때가 진짜

#신뢰를 쌓는 절호의 기회

현장에서 의도치 않게 교사의 목소리 톤이 바뀌는 상황을 종종 목격한다. 동료 교사를 봐도 때론 "앗. 뭐지?" 할 정도로 아이들과 상호작용할 때 목소리와 부모님 혹은 외부 사람과 대화할 때의 목소리는 참다르다(나도 포함된다). 아이의 관점에서 이 상황을 바라보면 어떨까?

나는 만약 원장님이 외부사람이 왔을 때 교사를 대하는 것과 어린이집 내에서 교사와 원장님의 관계가 다르면 원장님이 참 위선적으로 느껴지고 싫을 거 같다.

또 주의해야 할 것은 내가 아이 앞에서 동료 교사와 나누는 아이에 관한 혹은 아이의 부모님에 관한 일상적인 이야기들이다. 별의미 없이 이야기 하는 것이지만 아이가 어떤 마음으로 듣고 있을지 생각해야 한다. 그리고 미안해해야 한다. 내가 하는 이야기를 아이의 부모님 앞에서도 동일하게 할 수 있는지 돌아보자. 그리고 연령이 어릴수록 교사의 이야기를 모두 이해할 수 없다고 편하게 이야기하고 있지는 않은지 돌아보자. 아이들은 눈빛, 소리의 높낮이, 분위기로 상황을 몸으로 기억하니 더 나를 돌아보고 스스로를 조심해야 한다.

• 서로 살피고 눈빛과 마음을 주고 또 받고 또 주고받기를 반복하면 아이와 교사 사이에 단단한 신뢰의 끈이 생긴다. 그래서 아이들과 교사끼리만 있을 때가 신뢰의 끈을 만들고 튼튼히 할 수 있는 절호의 기회다.

30. 사진의 양면성

#사진을 찍기 위한 놀이 vs 놀이의 장면을 기록하기 위한 사진

【보이는 사진 한 장의 위력】

찰칵! "에이 표정이 별로 재미없어 보인다. 다시 찍자."라며 놀이하는 아이를 불러 세우고 다시 간지러움을 태워 웃음 짓게 한다. 찰칵 "오- 인생 샷이다! 00아 가서 놀아. 오늘 사진은 끝!"

여러 말보다 한 장의 사진이 주는 위력을 알고 있다. 나도 엄마이기에 아이의 원 생활이 말이나 글로 전달받는 것보다 사진 한 장의 힘을 느낀다. 하지만 전달력이 강하다고, 부모의 만족도가 높다고 사진이 목적이 되어서는 안 된다. 사진은 기록하는 여러 방법 중 하나이다. 사진이 있으면 기록에 도움을 주는 필요한 요소이지 사진만 있으면 다 괜찮은 충분한 것은 아니다.

【사진의 양면성】

놀이 장면을 기록하기 위한 사진이 아닌 인물 위주의 사진, 물론 아이들 예쁜 모습을 찍는 것도 의미가 있다. 하지만 사진을 찍는 주된 목적이 "아이의 밝고 예쁜 모습" 찍기가 되어서는 안 된다. 우리는 포토그래퍼가 아니라 놀이의 흐름을 기록하는 교사이다. 사진 속 초점이 흔들려도, 전체 배경 사진이라도 교사가 아이들의 놀이 흐름을 알고 놀이 기록을 위한 사진이 좀 더 의미가 있다고 꼭 이야기하고 싶어 기록한다.

기록을 남겨야 해서 혹은 주제에 맞는 사진이 필요해서 아이를 불러 연출사진을 찍은 적은 나를 포함해 누구나 한 번쯤은 있을듯하다. 하지만 순서를 바꿔 아이 놀이를 그대로 들여다보고 그 모습을 기록해야 한다. 그러면 거기에서 아이의 놀이 출발점이 나오고 놀이 지원 계획이 나온다. 나를 돌아보고 무엇이 본질인지 고민하고 실천해보자.

• 보여주기 위한 멋진 사진보다 조금은 촌스럽고 부족해도 아이들의 놀이를 기록하기 위한 수단으로 사진을 활용하자. 주객이 전도되지 않게. 사진은 수단이자 도구이고 기록의 한 종류이지 전부가 아니다.

31. 관찰할 게 없어! 쓸게 없어 관찰일지에

#의미 있는 관찰 기록은 무엇일까?

【만 1세반 상황】

함께 놀이하기도 하고 관찰하기도 하다가 한 교사가 동료교사에게 말한다.

"관찰할 게 없어! 관찰일지에 쓸 말이 없어. 만날 킁킁 냄새 맡고 같은 놀이만 맴돌고 있어."

나는 관찰일지에 쓸 게 없다고 말하는 교사가 생각하는 아이의 놀이란 무엇이라고 생각하는지 궁금했다.

보통 아이의 놀이 장면, 혹은 모습을 볼 때 일방적으로 교사의 관점에서 판단하고 규정 내리는 일이 많다. 왜 그럴까? 생각해보면 영,유아 관찰은 서류상 의무적으로 해야 하는 일로 규정되어있다. 그러니까 무엇을 관찰해야 하는지 교사 스스로의 내면적 고민 없이, 또 관찰할 때 교사로 내가 가진 편견이나 잘못된 신념이 있는지, 있다면 무엇인지 돌아보는 순환의 과정 없이 관찰일지를 써서 결제를 받아야하기 때문이라는 생각이 든다. 관찰은 너무 중요하고 의미 있는 일이지만 해야만 하는 아주 귀찮고 어려운 일로 교사에게 남아 있다는 생각이 들었다.

이미 나의 관점에서 상대의 모습을 판단하고 규정하고 나면 제대로 된 관찰이나 소통을 하기는 어렵다. 이건 영,유아 관찰뿐 아니라 사람과 사람의 관계 소통에 모두 해당한다고 생각한다. 입장을 바꾸어 원장님이 나를 원장님의 생각과 판단으로 나를 규정해 버린다면? 생각만으로 갑갑하고 답답하다.

그렇다면 아이의 있는 모습 그대로의 생각과 마음과 행동을 담으려면, 그리고 의미 있는 관찰을 하려면 어떤 과정이 필요할지를 고민해 봤다. 어린이집 현장에서 아이들을 관찰하기 전에 적어도 교사로 내가 어떤 눈과 마음으로 아이의 모습을 바라보는지, 내가 가지고 있는 선입견은 없는지, 교사 자신을 들여다보는 과정이 필요하다. 또 아이들의 행동을 볼 때 나도 모르게 본능적으로 판단하고 있진 않은지, 혹은 유독 화가 나고 불편한 마음이 드는 아이들의 행동이 있는지 돌아보고 적어보는 일이 나에게는 큰 도움이 되었다.

이렇게 내가 나를 객관화해서 생각하고 적어보는 작업이 타인에게 도움이 되기 전에 나에게 큰 도움이 되었다. 또 의미 있는 관찰을 하려면 내가 맡고 있는 아이의 연령, 기질이나 가정의 상황 등 개인적 요인과 내가 생각하는 놀이는 무엇인지, 발달, 성장, 교육은 무엇이라고 생각하는지 고민해보고 정리하는 게 도움이 되었다. 이러한 사전 작업 없이 그냥 관찰일지를 쓰기 위한 관찰은 누구에게도 도움이 되지 않는 일이라는 생각이 들어 기록한다.

• 물리적 환경을 내 마음대로 바꿀 순 없지만 나의 내면을 달리하고 성장시킬 수는 있다.

-교사인 나는 놀이가 무엇이라고 생각하는지?

-내가 유독 화가 나는, 마음이 불편한 아이들의 행동, 기질이 있나? 어떤 부분이었나?

32. 유아중심! 놀이중심! 완벽하지 않아도 괜찮아!

#일단 점을 찍자! 망설이지 말고 시작하자!

표준보육과정, 누리교육과정이 개정되면서 현장에서는 어떻게 적용하고 실행할지 헷갈리고 막막하다. 기존의 계획대로 준비해 일과를 진행하면 교사 중심이 되어버리는 것 같고 아무 준비 없이 아이들의 놀이를 담자니 이게 맞는지 확신이 들지 않아 혼란스럽다.

갈팡질팡 고민하는 교사들의 모습을 보고 고민하다 현장에서 문득 든 생각은 일단 시작하자였다. 이렇게 하면 평가제에 어긋나나? 이렇게 하면 틀린 건가? 생각이 많아 시작하기가 겁이 나고 틀릴까봐 주저하고 있다는 생각이 들었다. 그렇다면 시작이 반이니 일단 무엇이든 시작해 보자!

내가 세운 놀이 계획안에 아이들의 놀이를 밀어 넣고 교사가 일방적으로 이끌어가지 말자. 아이들 놀이를 보고 그대로 관찰하고 기록해보자! 그 관찰한 것을 토대로 놀이가 지속될 수 있도록 다양한 방법으로 지원하며 보육과정을 지속해가보자.

(다들 한 번씩은 이런 경험이 있지 않나? 이번 주 주제가 뭐지? 이번 주 놀이가 뭐지? "자, 00아 이 놀이로 이거 한번 놀아보자~! 찰칵~!" 촬영용 주제 놀이가 끝나면 "자 가서 놀아~!")

그대로 관찰하려면 교사에겐 자신감이 필요하다. 우리 반 아이들의 행복 가득한 놀이의 장을 만들어주는 사람은 나라는 배짱과 믿음을 가지고 지금 우리 반 아이들을 바라보자. 어떤 아이가 무슨 놀이를 어떻게 하는지 아이들의 시선을, 놀이를 그대로 따라가 보자. 아무리 유명한 책도 참고용이지 우리 반 아이들에게 정답이 될 수 없다. 지금 우리 반 아이를 관찰하는 것이 지금 우리의 살아있는 이야기이고 그 관찰한 것을 기본으로 그 다음의 계획이 나오는 게 진짜 유아중심, 놀이중심의 출발이다.

• 시작은 아주 작고 희미하고 서툰 점일지라도 머뭇거리지 말고 일단 찍어야 다음 점을 찍을 수 있고 서로 연결할 수 있다. 주저하지 말고 우리 반 만의 유아중심! 놀이중심! 점을 찍어보자!

33. 어린이집 안에서의 힘의 균형

#어린이집에는 아이들만 있을까?

어린이집에는 아이들만 있는 듯 보이지만 어느 회사처럼 다양한 직책을 가진 교사들이 있고 나름의 조직문화를 가지고 있다. 여러 어린이집을 경험하면서 느끼게 된 것인데 아이들이 행복할 수 있는 어린이집을 만드는데 건강한 조직문화가 필수요소라는 점이다.

특히 교사↔원장, 초임교사↔경력교사 간의 힘의 균형이 필요하다. 어린이집에 따라 원장님의 영향력이 강한 경우, 혹은 반대로 교사의 영향력이 큰 경우, 혹은 근속연수가 높은 교사의 힘이 큰 경우 등 힘의 불균형이 생긴 곳은 건강한 조직 문화를 갖기가 참 어렵다.

건강하지 못한 조직문화는 아이들에게도 영향을 미친다. 대표적인 건 힘의 불균형이 가득한 어린이집은 규칙과 규율이 힘이 센 사람의 마음대로 변하고 바뀐다. 오늘은 이랬다, 저 날은 저랬다, 함께 일하는 교사는 종잡을 수 없어 진이 빠지고 의욕이 떨어진다. 아이들을 교육하고 보육하느라 힘이 빠진 게 아니라 영향력이 센 사람의 눈치를 보느라…….

그렇다면 건강한 조직 문화는 어떤 걸까? 맡겨진 역할에 대해 모든 구성원이 서로 객관적으로 인지하고 알고 있어야 한다. 또 업무처리 시 투명하고 공정한 규칙이 있고 서로 공유되어야 한다. 무엇보다 업무를 할 때 개인적으로 주관적으로 처리하거나 사람을 대하는 일은 없어야 한다는 인식을 모두에게 공유돼야 한다. 초임교사라서 혹은 내가 원장이고 이 사람이 교사라서 나보다 약자이다, 을이라는 생각은 애당초 버려야 한다. 일예로 초임교사 시절 경력교사와 메이트가 되면 휴가날짜를 정하는 건 경력교사가 필요한 날짜를 모두 소진 후에 남은 날에 쓰는 게 당연했던 시절을 회상해본다.

• 건강한 어린이집 조직문화는 내가 먼저 바뀌어야 한다. 내가 싫은 일은 남도 싫다. 내가 대우 받고 싶은 대로 상대를 대우해줘야 한다. 또 서로서로가 살피고 약자가 생기지는 않았는지 돌아보는 관심이 필요하다.

34. 부모와 교사 사이

#어린이집 모든 관계의 본질은 "신뢰"

【교사와 학부모, 학부모와 교사 사이 뭣이 중헌디】

만 1세 영아가 집에서는 음식을 잘 먹지 않는다고 한다. 어린이집에서는 너-무 잘 먹어 다 먹은 후 밥과 반찬을 더 먹는다. 교사가 부모에게 전달하면 믿을 수 없다는 표정으로 집에서는 안 먹는다고 주고받기를 여러 번. 서로 답답했나 보다.

"아, 찍어서 보여줄 수도 없고…….", "어! 그럼 선생님 동영상 좀 찍어주세요."

그렇게 해서 아이가 식사하는 모습을 짧은 영상으로 전달했다고 한다. 교사의 입장에서는 영상을 보시면 이제 전달하는 이야기를 믿어주시겠지? 바쁜 일과 중에 어렵게 찍은 영상이니 고마워하시겠지? 생각했다고 한다. 영상을 전달하고 돌아온 부모의 피드백은 예상외였다.

"누가 안 먹여줘서 잘 먹나 보네."

끝.

이야기를 들은 교사는 김이 빠지고 힘이 빠졌다. 이 상황을 전해들은 나는 생각한다. 어떤 부분이 서로의 소통을 가로막은걸까? 어떤 부분이 서로를 오해하게 했을까? 어떤 해석이 필요할까?

【 마음열기, 실수는 솔직하게 인정하고 보완하기 】

교사 시절을 돌아보면 나를 바라보는 학부모의 시선이 불신 가득한 눈에서 시간이 지날수록 신뢰 가득한 눈으로 바뀌는 것이 참 보람되고 감사하고 행복했다(모든 부모님이 그런 건 아니지만). 예를 들었던 상황에서는 동영상을 보여주었는데도 무언가 해결되지 않은걸 보니 부모와 교사 사이에 신뢰가 선행되지 않았구나하는 생각이 든다.

어떻게 하면 교사와 부모 사이에 신뢰를 만들어 갈 수 있을까? 신뢰라는 건 지식처럼 새롭게 알아서 생기는 개념이 아니었다. 또 일방적으로 한쪽만 노력해서 되는 부분도 아니었다.

학기 초에는 서로 낯설고 개개인마다 생각의 구조가 달라 오해가 생길 여지가 많다. 때문에 간결하게 표현하고 전달하는 것도 중요하다. 서로의 다름을 인정하고 마음을 여는 첫 단계를 지나 진술하게 일상을 함께 쌓아가야 한다. 부족한 부분은 인정하고 보완하려 노력했더니 신뢰가 자연스럽게 뒤따라왔다.

어린이집의 흐름이나 운영에 대해 경험해보지 못한 부모님들도 많다. 어린이집의 일상, 하루 일과의 흐름, 행사 등의 활동이 교사에게는 너무 익숙하다. 하지만 어린이집을 처음 보내는 부모에게는 하나부터 열까지 낯설다. 사실 난 이 부분을 깊게 생각하지 못했다. 그런데 내가 대학병원을 이용하거나 새로운 어떤 낯선 경험을 할 때 반대로 역지사지의 마음을 느꼈다.

"OO님, 먼저 수납을 하시고 OO으로 가서 대기하셔서 검사를 하시고..." "네?! ㅠ.ㅠ"

"어머님~! 이 시간에는 통합보육시간이고요, 자유선택활동시간은 이때까지예요~!" 나의 설명이나 서류로 안내된 글자가 얼마나 이해가 되었을까? 반대의 입장이 되어 상대의 마음을 상황을 오롯이 느껴보려는 노력과 시도가 필요하다.

• 어린이집에서 만난 부모와 교사는 아이라는 공통분모를 가지고 만났다. 사실 아이가 아니면 만날 이유가 없다. 아이가 안정되고 행복하려면 교사와 부모의 협력과 노력이 절실히 필요하다. 교사와 부모의 신뢰 관계는 아이의 행복한 어린이집 생활지수를 상승시키는데 중요한 요인이 된다.

35.머리로 아는 것 vs 경험으로 아는 것

#꿈꾸는 어린이집

【어린이집에서 종종 일어나는 상황 - 보육실】

오늘은 우리 반에 요리활동이 있는 날. 분주하게 아이들을 맞이하고 오전 간식을 먹고 요리활동 준비를 한다. 믹서, 거품기, 각종 베이킹 재료들 등등. 모두 모여 활동 방법, 순서 등을 소개한다. 중간 중간 늦게 등원한 아이들을 맞이하며 활동을 한다. 우당탕탕, 깔깔깔, 으악-! 소리를 들으며 활동을 마치고 실외놀이 나갈 준비를 한다. 사용한 재료들을 급하게 정리하고 조리실에 드린 후 아이들을 인솔해 다음 일과인 실외놀이를 나간다.

조리사 선생님 : 아니~ 지금 점심준비로 바쁜데 이걸 이렇게 가져오면 어떻게 하자는 거야! 무슨 반이야 정말 왜 이러는 거야. 참나-

【 어린이집에서 종종 일어나는 상황 - 조리실 】

오늘은 반찬으로 생선전이 있는 날. 입고된 식자재 정리하고 입고일 표기하고 정리해야 한다. 오전 간식 배식준비를 마치고 쉴 틈 없이 점심 식사 밑작업 준비를 한다. 에어컨을 켜도 시원하지 않은 찜통 조리실에서 기름 앞에 있어야 한다. 오전 간식을 먹다가 한 선생님이 올라와서 이야기한다. "배식된 과일 크기가 아이들 먹기에 너무 크니까 더 작게 잘라주세요-! 그리고 씨도 모두 빼주세요."

보육교사: 아니 영아들이 먹기에는 너무 커. 그리고 씨를 그냥 주시면 어떡해. 다 빼서 주셔야지.

【 어린이집에서 종종 일어나는 상황 – 사무실 】

현장학습 가는 금요일. 견학을 간다고 신청했던 유아와 실제 갔던 유아가 달랐던 상황.

사무 선생님 : 선생님, 몇 명 갔는지, 안 간 친구 명단 좀 넘겨주세요.

담임교사 : 네.(대답은 했지만 아이들과 분주히 일과를 보내느라 깜빡하고 오후 일과가 지나감.)

사무 선생님은 명단 전달이 늦어져 현장 학습비 청구서 준비가 늦어지며 금요일 퇴근이 늦어짐.

교사 : 아이들이랑 있다 보면 늦을 수도 있지 뭐-!!

어린이집은 생각보다 다양한 사람들이 모여 일을 한다. 조리실, 원장님, 보육교사, 보조교사, 사무실 선생님, 영양사 선생님, 양호선생님,

경우에 따라 공익근무 요원, 미화 선생님 등등. 안정된 어린이집, 행복한 어린이집은 서로의 역할에 대해 머리로만 아는 것이 아니라 마음으로 알고 배려하고 있었다.

첫 번째 상황에서 소통이 잘되는 어린이집이었다면 아마 "선생님 그냥 그대로 둬요. 아이들 먼저 챙겨요."라고 이야기 하셨을 것이다. 두 번째 상황도 "선생님 고생하신 덕분에 너무 맛있게 먹어요. 아이들도 너-무 잘 먹어요 감사합니다." 인사한 후 나중에 전달사항을 이야기 하셨을 것이다. 세 번째 상황도 마찬가지다. 내 퇴근 시간이 늦어지는 게 싫으면 다른 사람도 싫은 것-!

<언젠가 교육을 갔을 때 듣고 마음에 남겨두었던 이야기>

일본의 어느 어린이집에는 어린이집 한가운데 투명한 통창으로 조리실이 있다고 한다. 하루 일과를 보내며 아이들이 조리실을 직접 보고 조리실에서도 아이들의 생활하는 모습을 본다. 어떤 의도로 이렇게 했을까? 누가 가르치지 않아도 아이들은 열심히 조리해주시는 모습을 보며 감사한 마음을 배운다. 조리과정을 보고 먹는 점심식사는 일방적으로 배식되는 점심식사와는 다를 것이다. 또 조리실에서도 체크리스트로, 조리실 감사가 아닌 내 눈앞에서 종알대는 저 아이들이 먹을 음식이니 더 깨끗하고 안전한, 맛있는 음식을 만들어야지 하는 마음이 자연스레 들것이다.

• 이런 어린이집을 꿈꿔본다.

한 달에 한번 혹은 한 학기에 한번 그도 어려우면 1년에 한 번 제비 뽑아 서로의 역할을 바꾸어 서로를 이해하는 기회를 갖는 어린이집. 원장님은 조리실로, 조리사 선생님은 보육실로, 보육교사는 사무실로. 직접 몸으로 부딪치며 경험한 것은 회의만으로 얻는 지식과는 질적으로 차원이 다르다.

36. 객관적 중재기구의 필요성

#어린이집은 '원장님 마음대로 집'이 아니다

아무리 어린이집이 국공립이라 시청, 구청의 관리 감독을 자주 받아도 혹은 직장 어린이집이라 재단이나 직장의 관리 감독을 받아도 어린이집 내에서 원장과 교사는 갑과 을의 관계가 되기 마련이다. 사람을 귀히 여기는 정말 좋은 원장님도 계시지만.

정당한 갑과 을의 관계라면 뭐가 문제가 되겠냐만은……. 때론 감정적으로 사람을 힘들게 하거나 비난을 하는 형태로 교사를 힘들게 하는 모습을 본다. 그럴 때 드는 생각은 "저건 뉴스에서 보던 직장 내 괴롭힘이 아닐까?" 생각이 들기도 하고 "저 말은 업무지시나 평가가 아니라 그냥 비난하기가 아닌가?"라는 생각이 든다. 그런 상황의 반복과 어려움을 개인 교사가 감당하기엔 쉽지 않다. 아니 할 수 없다. 무조건 교사의 편에서 들어달라는 것이 아니라 상황을 객관적으로 판단하고 주의를 줄 수 있는 중재기구가 있었으면 좋겠다.

관할 시청이나 구청에 교사의 어려움을 혹은 불의를 신고하거나 상담하면 "어려움은 내부적으로 해결해야지. 여기에 신고하는 교사는 뭐야?"하는 마음이거나 재단에서 어린이집을 방문할 때도 교사의 능력 부족을 이야기하는 원장의 이야기를 "원장님 힘드시겠어요." 이야기하고 가는 것이 아니었으면 좋겠다. 원장님에게는 "그건 직장 내 괴롭힘이 될 수 있어요. 주의 하세요."라고 쓴 소리를 할 수 있는 중간 역할이 필요하다. 절실히.(반대의 경우도. 혹시 교사에게 쓴 소리가 필요하다면 교사에게도.)

• 균형 잡힌 저울처럼 양쪽의 관점에서 상황을 바라보고 판단할 수 있도록 그리고 혹시나 있을 사람이 사람의 인격을 다치게 하지는 않는지 진심으로 살피고 보호하는 객관적인 중재 기구가 있어야 한다고 간절한 마음을 담아 적어본다.

37. 어린이집 행사

#누구를 위한 행사인가

【어린이집 행사】

큰 틀은 아이들의 다양한 다름이 담길 수 있도록 교사의 배려가 필요하다. 예를 들어 생일잔치 때 모이기 어려운 아이는 그 나름의 흐름과 속도를 인정해 주어야 한다. 어떤 영아는 기질 상 여러 친구들과 가까이 모이는 걸 싫어하기도 불편해하기도 한다. 그런데 혹시 나는 교실에서 "생일잔치하니까 다 모여야지 지금은 모이는 시간이야."라고 아이에게 무 자르듯 이야기하고 있지는 않은가? 특히나 영아의 경우 함께 모이는 생일잔치를 경험한 적이 없고 기질 상 참여하기 어려워한다면 약간은 떨어져 경험하는 것만으로도 아이에게는 충분한 경험이 될 수 있다. 오늘의 그 경험이 다음번에 만나는 경험의 토대가 될 수 있다는 눈을 가져보자. 그리고 그대로 인정해주자. 또한 모든 아이들이 똑같이 흥미를 가질 순 없다. 흥미가 적은 아이는 적은 모습 그대로를 인정해주자.

현장에서 성인이 보기에 화려하고 흐름이 너무 빠른 행사는 지양했으면 한다. 적어도 어린이집에서 진행되는 행사를 하는 주인공은 아이들임을 기억했으면 한다. 그리고 행사의 목적을 분명히 만들어 구성원 모두가 공유되면 좋겠다. 한 가지 상상해 보면 느리게. 시리즈로 행사를 하면 어떨까?

"보육교사의 시선으로 바라본 아이들의 놀이"

"사이"에 존재하는 "차이"를 인정하고 존중해줘야

좋은 "사이"가 된다.

<유영만의 생각읽기 中>

차이를 그대로 인정하고 존중하자

그리고 아이들의 놀이를 그대로 보고 들으며 마음으로 헤아려보자

1. 자유선택활동 시간의 의미

#스스로 선택하고 몰입하고 책임지기를 경험할 수 있는 주체적인 시간

엄마가 되었을 때 기쁨과 동시에 이 작은 생명체를 책임져야 한다는 두려움과 불안한 마음이 들었다. 그때 어디선가 듣고 내 마음에 콕 남았던 이야기. "아이를 키우는 목표는 건강한 성인으로 독립시키는 거야."

처음 육아를 할 때 나도 불완전한 인간인데 아이를 책임지고 이끌어야 한다는 사실에 두려웠다. 그러나 최종 목표가 "건강한 성인으로 독립시키기"가 되니 이전보다 마음이 편해졌다.

어린이집에서 아이들을 대할 때도 그렇다. 어린이집에서 보내는 시간을 스스로 생각하고 결정할 수 있는 건강한 성인으로 독립시키기 위한 일련의 과정으로 바라본다면. 어린이집 하루 일과에 매일 꼭 일정 시간 이상 있어야 하는 자유선택활동 시간은 어떤 의미가 있을까?

어린이집 자유선택활동 시간. 이 시간에 아이들은 무엇을 해야 할까?

그리고 교사는 어떤 역할을 해야 할까? 별 고민이 없을 땐 친구들과 어울려 노는 시간 정도의 의미로 생각했다. 고민하며 들었던 생각은 아이들에게 매일 주어진 자유선택활동시간은 성장의 귀한 시간이었다. 그 시간에 무엇을 할지 스스로 고민하고 선택한다. 또 놀아보고 나를 돌아보며 책임도 져보는 시간이다. 이 시간의 주체는 아이 개개인이 되어야 하고 보장되어야 하는 정말 소중한 시간이다. 이 시간들이 쌓여 건강하고 독립된 성인으로 성장하는데 밑바탕이 될 것이라 확신한다. 교사는 아이가 스스로 고민하고 선택해보고 직접 해볼 수 있도록 지지해주는 역할을 해야 한다. 처음부터 스스로 선택하고 내가 무엇을 하고 싶은지, 좋아하는지 알고 있는 아이는 거의 없다.

2. 실행을 해봐야 안다.

#우리 반 보육과정을 이끌고 책임지는 건 원장님도 학부모도 아닌 교사다

【상황1】

만 1세 영아의 낮잠시간. 하루 일과시간에 정해진 낮잠시간보다 몇몇 영아들은 일찍 일어난다. 교사는 그 시간에 알림장 혹은 키즈노트를 작성하기도 하고 일지를 쓰거나 맡겨진 일을 한다. 만약 나라면? 일 하던 노트북을 끄고 아이들에게 다가가야 할까? 아이들에게 휴식하라고 하고 하던 일을 계속할까?

【상황2】

집에서 장난감을 가져오는 영아, 영아이니 가지고 놀이할 수 있도록 허용할 것인가, 속상해하더라도 가방에 넣도록 할 것인가?

위의 상황 모두 정답은 없다. 그 반의 아이들의 상황을 고려하고 교사가 추구하는 신념에 따라 결정될 부분이다. 하지만 현장에서는 학부모가 요구하거나 원장님이 이렇게 하세요—! 저렇게 하세요—! 지시해서 정해진 것을 따라야 할 때가 많다.

첫 번째 상황에서 누군가 일방적으로 "깬 아이들은 바로 일어나게 하세요." 한다면 어떨까? 그 사이에서 교사는 그럼 해야 할 일은 어떻게 해야 하는 건지 고민하거나 누워서 휴식이 필요한 아이들이 있기에 고민한다. 두 번째 상황도 장난감을 가져오면 하루 종일 그거 가지고 다투느라 다른 놀이를 못하기에 고민한다. 또는 적응하기 어려워하는 영아라 집에서 가져온 장난감을 가지고 있도록 하고 싶은데 등등. 여러 가지 생각을 하지만 외부에서 일방적으로 지시가 내려온다면 교사는 말을 꿀꺽 삼키게 된다.

이렇듯 보육과정을 운영하면서 크고 작게 여러 결정을 해야 하는 순간 교사가 의견을 자유롭게 내거나 결정에 힘을 내기에는 어려움이 많다. 여기서 함께 고민해보고 싶은 것은 결정을 해야 하는 여러 가지 상황이 발생하면 사실 정답은 내 생각도 원장님의 생각도, 학부모의 생각도 아니라는 점이다. 교사가 직접 아이들의 상황과 반응을 관찰하며 예상한 대안들을 직접 해봐야 지금의 아이들에게 가장 적합한 방법을 찾을 수 있다. 신기한건 비슷한 상황도 적용하는 방법이 해마다 다르고 아이마다 다르다는 것이다.

우리 반에서 무언가를 결정해야 할 일이 있을 때, 원장님이나 학부모가 이렇게 해달라고 요구할 때 교사는 상대방의 이야기를 잘 경청하고 결정은 아이들과 다양한 방법으로 적용하고 관찰해본 후 결정하자. 아이들에게 가장 적합한 방법을 찾아보겠다고 이야기할 수 있는 교사가 많아지길 소망한다. 그리고 자신감을 가지고 부드럽게 표현하는 걸 연습해보자-!

3. 무늬만 놀이중심, 아동중심

#서류에 대한 걱정을 미루고 아이의 놀이를 따라가자

【"이번 주제가 배변인데 오늘 반죽으로 탐색하고 놀이하고 확장까지 다 됐다."】

놀이를 계획하고 준비해서 실행할 때 교사 마음 한편에는 서류에 대한 부담감이 꼬리처럼 따라온다. 부담감이 가득하면 아이의 놀이를 있는 그대로 관찰하고 아이가 내는 소리를 들을 여유가 없다. 거기에 보육과정이 놀이중심, 아동 중심으로 강조되면서 내가 시행하고 있는 보육과정이 맞는지 혼란스러운 게 사실이다.

【 부담을 내려놓고 놀이를 관찰하고 아이의 이야기를 귀담아 들어 보는 것에서 시작해 보자 】

놀이의 주인은 아이, 준비된 환경 속에서 놀이를 선택하는 것도 지속하는 것도 아이, 확장하거나 축소하는 것도 아이가 주축이 되어야한다. 교사는 마음의 여유를 챙기고 아이의 놀이를 따라가 주고 함께 생각하고 적절한 도움을 주는 역할을 해보자. 말은 쉽지만 교사의 마음을 비우고 아이를 오롯이 바라보는 데는 나름의 소신과 내면의 힘, 스스로를 돌아봄과 고민의 과정이 필요하다.

【 서류의 부담이 지나치면 주객이 전도 된다 】

서류에 대한 부담으로 서류가 주가 되고 아이의 놀이가 주가 되지 않는다면 그 서류는 진정한 의미를 갖지 못한, 종이와 글자에 지나지 않는다. 반대로 조금만 인내를 가지고 고민해보는 과정을 거쳐 아이의 놀이를 내 눈으로 관찰하고 아이의 이야기를 귀담아들으면 어떨까? 이렇게 놀이를 따라가 주는 경험들이 쌓이고 쌓이다 보면 나는 어느새 전문성과 지혜를 가진 교사로 성장하게 될 것이다. 또한 그 서류는 의미 있는 기록으로 보육과정을 운영하는데 큰 힘이 될 것이다.

서류가 주인인지, 아이의 진짜 놀이가 주인인지를 잘 고민하고 선택해 실행해야 한다. 내가 보기엔 별것 아닌 것 같은 단순한 행동이나 아무것도 하지 않는 것 같아도 아이는 나름 의미를 만들어 가기도 하고 탐색하며 성장을 하고 있는 시간이다. 아이의 진짜 놀이를 관찰하고 아이의 이야기를 들어본 후 기록에 남길 것을 남기자! 반대로 계획 세울 때 미리 평가와 기록 남길 것을 다 정해두고 아이의 놀이를 보지 말자! 순서를 헷갈리지 말자!

4. 아이의 진짜 놀이

#아이가 놀이하는 그대로 바라보며 놀이 흐름 따라가기

유희실 2층 계단을 오르내리는 아이가 있다. 올라가서 미끄럼틀을 타든 그림책을 가져오든 무언가를 해야 놀이하는 것이라고 생각했나 보다. 내가 다가가 "책 볼래? 미끄럼틀 탈래? 손잡아 줄까?" 물어봤지만 양손을 흔들며 아니라고 표현하며 무언가 집중한 아이의 표정.

마음을 비우고 바라보니 조금은 보인다. 교사의 생각에는 무언가 놀이를 하려고 계단을 오른다고 아이를 바라봤지만 아이는 계단과 통로 이동을 반복하며 스스로 즐거움을 느끼고 성취감을 느끼고 있었다. 아이는 계단과 통로를 반복해 이동하는 그 자체가 놀이었던 것.

휴. 다행이다. 괜스레 교사 역할 한다고 놀이에 내 마음대로 끼어들어 놀이 방해꾼이 되지 않아서.

5. "심심해" 보이는 아이

#심심한 것에 대한 재해석, 교사에겐 심심한 아이를 기다려줄 수 있는 소신과 용기가 필요하다

【다양한 모양을 가진 아이들의 놀이】

만 1세 영아가 놀다가 놀이를 멈추고 손가락을 빤다. 친구들의 놀이를 보거나 잠시 "멈춤"하고 있는 듯 보인다. 내가 보기엔 무슨 놀이를 할까 고민하거나 친구들의 놀이를 살피는 듯 보였다. 같은 공간에 있던 담임선생님은 "00아~! 심심하지! 선생님이 바쁜 일 끝났으니깐 같이 놀아줄게~!" 이야기하시며 아이를 안아주신다. 그때 문득 아이는 정말 심심할까? 심심하다면 심심한 건 어떤 걸까? 심심함은 나쁜 걸까? 꼭 성인이 없애줘야 하는 걸까? 의문이 들었다.

【심심함 : 스스로 무엇을 어떻게 놀지 생각하고 고민할 수 있는 기회】

표준보육과정, 누리과정에서 강조하는 "자발적인 아이의 놀이"는 어떻게 시작되는지 고민해본다. 아이마다 흥미가 다 다르지만 확신하는 건 스스로 놀아본 아이가 스스로 논다는 것이다. 그렇다면 그 처음은 어떻게 시작될까? 그 시작은 심심해서 뭘 하지? 뭐하고 놀까? 스스로 고민해보는 경험이 시작이지 않았을까?

어린이집에서 아이들을 살펴보면 개인의 성향, 놀이성, 그날의 컨디션 등등에 따라 다양한 형태로 놀이가 이루어진다. 다양한 표현을 하고 즐거워하며 놀이하는 아이들도 있지만 때론 큰 반응 없이 살펴보며 탐색만 하는 놀이가 이루어지기도 한다. 놀이를 멈추고 가만히 살피거나 멍~한 모습을 보일 때도 있다. 이렇게 아이들의 놀이는 다양하지만 다양한 아이들의 놀이를 해석하는 성인의 시각은 단순하다. 신나하며 즐거워하면 잘 노는 것, 놀이를 멈추면 심심해서 도움이 필요한 것.

하지만 아이들의 놀이는 단순하지 않다. 놀이를 관찰할 때는 좀 더 자세히 들여다 봐야한다. 여러 아이들의 놀이를 관찰할수록 내가 가진 생각을 비우고 바라보면 새로운 것이 보이고 아이의 마음이나 의도가 서서히 보인다. 겉으로 보이는 표면적인 모습 말고.

【심심함의 재해석】

심심하다는 것, 때론 놀이할 때 교사의 도움닫기가 필요한 친구들도 있다. 지금 이야기하고 싶은 심심함은 조금 다르다. 아이 스스로 내가 무슨 놀이를 할지 고민하는 꼭 필요한 순간이라는 의미에서 나누고 싶었다. 심심함, 무료함을 느껴야 무얼 하지? 어떤 놀이를 하지? 스스로 생각해보고 놀이를 찾게 된다. 이 과정을, 이 놀이의 첫 계단을 밟아야 아이의 놀이성이 커지고 성장한다. 그러니까 놀 줄 아는 아이가 된다. 심심함을 느끼는 아이에게 바로 개입하지 않고 아이의 흐름을 존중하며 기다려주는 것 또한 교사의 큰 사랑과 배려가 있어야 가능한 일이다. 그리고 교사로 신념과 놀이에 대한 고민이 있어야 할 수 있는 일임을 기록한다.

• 심심함은 교사가 해결해주어야 할 문제가 아니다. 심심함은 잘 놀 줄 아는 아이가 되기 위해 아이가 스스로 느끼고 경험하는 첫 발걸음이자 경험이다.

6. 상호작용

#상호작용 어려워! 뭐라고 해야 해?

【현장에서 "상호작용" 참 어렵다.】

아동 중심의 상호작용이 필요하다, 이런 상황에서는 이렇게 상호작용해야 평가제에서 점수가 깎이지 않는다, 이럴 땐 이렇게 상호작용해야 한다, 공식 같은 이야기들이 많다. 이런 이야기를 들을수록 상호작용은 어려워진다. 왜냐하면 모든 상황이 비슷할 순 있어도 다 다르기 때문이다.

【상호작용이란 건 어떤 걸까?】

상호작용(相互作用) : 둘 이상의 사물이나 현상이 서로 원인과 결과가 되는 작용.

사전을 찾아보니 둘 이상의 사물이나 현상이 서로 원인과 결과가 되는 작용이라고 나온다. 일방적인 게 아니라 주고받는다는 의미로 이해가 된다. 그렇다면 어린이집 교사와 아이 사이에 서로 주고받아 원인과 결과가 되어 일어나는 작용이라고 이해해본다.

【현장에서의 상호작용을 돌아보기】

본질보다는 현상에 초점을 맞추어 이럴 땐 이렇게 상호작용해야 해라는 공식이 가득했던 것 같다. 상호작용의 본질은 교사와 아이 사이에 일어나는 실제적인 작용인데 비본질적인 것이나 보이는 현상에만 집중 했던 과거를 반성한다. 현장에서 상호작용을 잘하고 싶은 욕구가 넘쳐 때론 아이에게 주고받는 상호작용이 아니라 일방적인, 교사들 사이에 통용되는 공식과 같은 상호작용을 마구 퍼부을 때가 많았다.

【상호작용(相互作用)】

울고 있는 아이에게 교사의 전문적인 상호작용 이야기보다 따뜻하게 안아주고 슬픈 마음을 같이 공감해주는 것에서 진짜 "상호작용"이 일어난다.

적응기간에 엄마와 헤어져 울고 있는 아이에게 교사가 달래주었다가, 놀이로 전환했다가, 왜 그러니 속상해했다가 정말 여러 이야기를 한다. 사실 그 순간 아이에게 필요한 건 따뜻한 품과 토닥이는 손, 그리고 "네 마음 알아, 속상하지."라는 눈빛이 아닐까? 교사의 전문성을 뽐내며 보여주기식 상호작용이 아니라 눈앞의 아이와 주고받으며 일어나는 진짜 상호작용을 실천해보자.

7. 참여하지 않을 권리

#내 마음은 기울어진 시소인가?

어린이집에서 현장학습을 갈 때 혹은 특별활동을 할 때 등 부모의 동의를 받거나 수요를 조사하는 경우가 있다. 안전에 민감도가 높은 부모님은 현장학습을 가지 않고 어린이집에서 일과를 보내길 원해 참여하지 않겠다는 의사를 표현한다. 또 개인의 사정으로 특별활동에 불참을 선택하기도 한다. 그런데 종종 현장에서 "모두가 가는데…….모두 그 시간에는 특별활동 하는데……."라며 모두가 일괄적으로 같은 의견을 내고 함께 참여해야 한다는 암묵적인 생각이 있는 듯하다. 물론 현장학습을 갈 때 아이들 참석률이 적으면 전체 비용이 올라가거나 현장학습 혹은 특별활동 이외의 보육에 대한 준비를 따로 해야하는 일들이 있다. 이것을 번거로운 일이 아니라 당연한 일로 함께 여기면 어떨까?

어린이집에 근무 할수록, 그리고 어린이집에 아이를 보내는 학부모가 되어보니 어린이집과 어울리지 않는 단어가 있다. 바로 "합리적",

"효율적"이라는 단어다. 물론 행정상 처리해야하는 일들에는 필요한 부분이 있지만 적어도 아이들을 대할 때는 어울리지 않는 단어임을 확신한다. 전체를 관리하고 효율적으로 효과적으로 신속하게 일을 처리하는 것보다 개개인의 다름을 인정하고 존중하며 때론 번거롭지만 느리게 가는 게 아이들과 함께하는 올바른 방법이라고 생각한다.

• 혹시 내가 우리 반 아이의 미동의, 미참여 의사에 반감이 든다면 내 마음이 기울어져있지 않은지 살펴보자. 참여하지 않고 가지 않을 권리가 누구에게나 동등하게 있다.

8.새로운 놀이를 제시할 때는 씨 뿌리는 마음으로

#그래서 아이들의 자발적 선택이 중요하구나, 무엇을 어떻게 노는지 관찰해

야 하는구나

【생활 주제가 바뀔 때, 새로운 놀이를 제시할 때】

생활 주제가 바뀌거나 필요에 따라 교사가 활동 혹은 놀이를 제시할

때가 있다. 받아들이는 아이들 반응은 다양하다. 새로운 활동 혹은 놀

이에 별 흥미를 보이지 않거나 제시한 활동을 적당히 한 후 "이제 놀

러 가도 되요?" 라고 물어보는 등 다양한 반응을 볼 수 있다. 물론 아

이들에 따라 새로운 것에 흥미를 보이며 바로 놀이가 이루어지는 경

우도 있다.

교사의 관점에서 아이들에게 필요하다고 생각되어 제시하는 활동이

나 놀이에는 농부가 씨앗을 뿌리는 마음가짐이 필요하다. 우리들은

(보육교사) 너무 급하다. 씨앗을 뿌리고 그 앞에 앉아 왜 열매가 나오

지 않지? 이야기하고 카메라를 들고 의아해하며 바라보고 있다.

아이들 나름대로 자신만의 색깔로 놀이를 탐색하고 그 새로운 것을

자신의 세계로 끌어들여 놀이할 때에는 시간이 필요하다. 첫술에 배

부르지 않은 것처럼 조금씩 변화를 관찰해 가야한다. 씨앗이 새싹이 되고 열매 맺는 과정을 관찰하는 것은 참 즐겁고 아이들의 능력을 보게 되는 귀한 경험이 된다. 그러니 우리들 마음에 씨앗을 뿌리는 넉넉한 마음을 가져보자.

반대의 경우로 평소에 아이들이 어떤 놀이를 즐겨하고 반복하는지 일상의 아이들 놀이를 세밀하게 관찰해야 한다. 그래야 아이들이 자발적으로 하고 있는 놀이의 작은 불씨를 타오르게 할 수 있다. 그리고 놀이의 불씨가 꺼지지 않게 놀이지원을 하고 좀 더 의미 있게 연결 지을 수 있다.

교사가 제시하는 놀이가 아닌 아이들이 반복하고 즐겨하는 놀이를 살펴보면 그때는 어떤 도입이나 시작단계가 없거나 아주 짧게 탐색 단계를 거치고 아이들의 놀이가 활성화되고 몰입되는 것을 관찰할 수 있다. 여기서 놀이라는 정의는 성인의 관점에서 환하게 웃는 얼굴로 상호작용하며 잘 논다는 의미가 아니다. 때론 심각한 얼굴, 무표정한 얼굴로 놀이에 몰입할 수 도 있고 때로는 큰 반응 없이 탐색하고 관찰하는 것만으로도 아이에게 의미 있는 놀이가 될 수 있다.

평소에 교사가 아이의 놀이를 세밀하게 관찰하고 의미 있게 기록해 두는 것이 얼마나 중요한지 알 수 있다. 관찰해둔 아이의 놀이에서 조금씩 놀이를 지원하고 확장하면 놀이에 몰입할 수 있는 시간이 늘어난다. 재미가 있는지 물어보지 않아도 자발적으로 선택한 놀이는 그만 하라고 해도 놀고 놀아도 놀아도 놀이시간을 짧게 느낀다.

• 교사의 판단으로 의미 없다고 생각하는 아이의 놀이, 행동이 아이의 놀이 씨앗일 수 있다. 우리의 판단을 중지하고 아이들을 바라보고 관찰하자. 아이의 놀이를 관찰하고 지원하는 보육교사는 튼튼한 열매를 꿈꾸며 씨앗을 뿌리는 농부의 마음과 닮아있어야 한다.

9.감정은 머리로 배우기 전에 마음으로 충분히 느껴봐야 한다

#긍정적, 부정적 감정 모두 아이가 주체적으로 느껴볼 수 있도록 도와주자

화가 난 아이, 소리치는 아이, 짜증을 내는 아이. 무수히 다양한 감정을 표현하는 아이들. 우리는 다양한 감정과 마음을 표현하는 아이들을 만난다. 그럼 우리는 아이들의 표현되는 감정에 대해 어떻게 받아들이고 있을까? 적어도 교사는 아이들이 표현하는 걸을 보기 전에 이렇게 표현하는 이유인 마음을 먼저 보려고 노력해야 한다.

어느 책에서 보았던 아주 적절한 비유. "선물을 받았는데 포장지에 놀라 반응하면 포장된 속의 진짜 선물을 볼 수 없다." 그것처럼 아이들의 표현된 반응에 교사가 함께 반응하면 아이가 그렇게 표현한 진짜 이유를 알 수 없다. 짜증내고 화내고 고집을 부리는 행동과 감정표현에는 꼬여버린 진짜 마음이 숨어 있으니 그걸 찾아야 한다. 그 마음을 찾고 함께 살펴봐야 이후에 올바른 표현 방법도 함께 배워 갈 수 있다.

【감정을 교사가 판단해서 정해주지 말자!】

교사의 생각과 상호작용을 스스로 돌아보면 아이 감정에 대해 규정 해주는 표현이 많다.

"화내지 마~! 화낼 일 아니야! 짜증 내지 마~! 그만 울어-! 왜 울어-! 예쁘게 말해야지-! 이렇게 해야 착하지-!"

아이들이 다양한 상황 속에서 느끼는 다양한 감정들을 그냥 그대로 읽어주며 인정해주자.

"화가 났구나. 화가 날 수 있지 선생님도 화가 날 때 있어 그럼 화가 좀 풀리면 이야기하자 기다릴게."

감정이라는 건 아름다운 감정만을 말하지 않는다. 옳은 감정이란 것 도 없다. 우리도 세상을 살다 보면 화나고 슬프고 짜증 날 때가 얼마 나 많은가. 오롯이 유아기 때 다양한 감정이 있음을 알고 충분히 느껴 봐야 여러 감정을 건강하게 표현하고 풀어가는 걸 배울 수 있다.

느껴보기 전에는 건강하게 해소하는 방법을 찾아갈 수 없다. 교사가 아이의 감정에 섞여 함께 실랑이하지 말고 한 뼘 떨어져서 아이의 감정을 "자연스러운 거야. 누구나 그런 감정이 다 있어. 선생님도 그래. 그런 마음이 들 땐 어떤 게 불편한지 너의 마음을 살펴봐." 이야기해 주며 기다려 줄 수 있는 교사가 되어보자. 그렇게 마음을 살핀 후에 바르고 건강하게 표현하는 방법을 알려주는 것도 늦지 않다.

• 아이가 자신의 좋은 감정, 부정적 감정을 충분히 스스로 느껴볼 수 있도록 옆에서 함께 해주자 감정은 대신 느껴주거나 머리로 설명해 줄 수 없다. 대신 외롭지 않게 든든하게 옆에서 지켜봐 줄 수는 있다.

10. 이 놀이 했고, 이 놀이 했고 이 놀이 남았다

#누가 놀이해야 하는 걸까?

【영아반 오전 자유선택활동시간.】

내가 보기에는 만 1세 영아들은 각자 원하는 걸 택해 탐색하기도 하고 나름의 놀이를 시도하고 반복하며 놀이하고 있었다. 그 순간 담임교사는 바삐 걸음을 옮겨 벽에 붙여진 주간 보육계획안을 살핀다.

"음. 터널 통과하기 했고……. 색깔 탐색하기 했고……. 블록 쌓기 해야겠다."

순간 의문이 들었다. 계획안에 계획된 놀이는 누가 해야 하는 걸까? 누가 주체일까? 계획된 놀이는 해치워야 하는 미션이 아닌데 내가 느끼기에 선생님은 계획된 것을 다 했고 이걸 증명하는 잘 놀았다는 사진이 필요했다. 물론 계획된 것을 해야 하고 기록을 남겨야 하는 그 부담감을 너무 잘 알고 있다. 나도 그랬으니까. 그리고 때론 필요한 부분이기도 하다. 선생님의 모습을 보며 나의 교사 시절을 돌아보며 나의 모습을 본다.

【 조금이라도 바라봐주고 기다려줄 수 있는 여유를】

교사가 보기에는 멍하게 있는 듯 보이는 아이, 사소한 걸 반복하는 아이가 놀지 못한다고 오해할 수 있다. 하지만 내가 생각하기엔 그건 아이 나름의 여러 시도이자 놀이이다. 내가 보기에 아이가 멍하게 있다는 건 생각할 시간이 필요할 수 있고 놀지 않고 주변을 살피는 건 무엇을 할까 스스로 고민하는 시간이기도 하다. 아이의 존재를 교사가 무언가를 자꾸 해줘야 하는 존재로 받아들이지 않고 아이는 이미 그 자체로 충분하다는 생각을 하고 바라보면 조금의 여유는 생기지 않을까 생각해 본다.

【누가 주인이고 손님인지 잘 구분하고 잘 지키기】

놀이에서의 주인은 아이이고 교사는 손님이다. 때론 요구나 필요에 따라 교사가 아이에게 다양한 도움 줌이 필요하지만 명확한 건 아이 나름의 표현에는 모두 의미가 있다는 것이다. 교사가 어른이라고, 교사라고 아이의 놀이에 침범하지 않도록 주의하며 주인의 놀이 권리를 잘 지켜주자♡